Angelika Schmelzer
arbeitet als freie Journalistin, Buchautorin und Pferdefotografin. Die erfahrene Reiterin hat bereits zahlreiche Fachbücher rund ums Pferd veröffentlicht. Natürlich spielen auch in ihrer Freizeit Pferde die wichtigste Rolle. Valur und Dalur heißen ihre beiden Islandpferde, mit denen sie sich täglich beschäftigt – Ausritte, Bahnarbeit und Bodenarbeit stehen abwechselnd auf dem Programm. Angelika Schmelzer lebt und arbeitet in einem winzigen Dorf mitten im Hunsrück.

Pferdeabenteuer Isländer

Angelika Schmelzer

Ausgerechnet Island

Schneider Buch
EGMONT

Bibliografische Information Der Deutschen Bibliothek
Die Deutsche Bibliothek verzeichnet diese Publikation in der Deutschen Nationalbibliografie; detaillierte bibliografische Daten sind im Internet über http://dnb.ddb.de abrufbar.

Der Schneider Verlag im Internet:
http://www.schneiderbuch.de

Vertrieb durch Egmont vgs verlagsgesellschaft mbH, Köln
Titelfoto: Ramona Dünisch
Vignetten: Milada Krautmann
Schrift: 10 pt Stone Serif
Druck und Bindung: Ebner & Spiegel, Ulm
ISBN 3-505-12054-5

04 05 / 8 7 6 5 4 3 2 1

Alles ändert sich

Anna hatte die Nase voll von Veränderungen! Im letzten Jahr hatte es einfach zu viele unangenehme Überraschungen gegeben, auf die Anna am liebsten samt und sonders verzichtet hätte.

Angefangen hatte es mit ihren Eltern. Die ewigen Streitereien von Mama und Papa waren ihr erst nur tierisch auf den Geist gegangen und hatten ihr später richtig Angst gemacht. Ob ihre Eltern sich auch scheiden lassen würden, so wie die von Franzi, ihrer besten Freundin aus dem Reitstall? Wie oft hatte Anna abends heimlich oben an der Treppe gehockt und die erbitterten Diskussionen belauscht, manchmal gemeinsam mit ihrem Bruder Olli, manchmal alleine.

Als dann Mama eines Abends mit ernstem Gesicht in ihr Zimmer gekommen war, um mit ihr zu reden, hatte Anna längst Bescheid gewusst: dass Papa sich schon vor einem Jahr in seine Sekretärin verliebt hatte und zu ihr ziehen würde, dass die Sekretärin – die Hildegard hieß, platinblond und zehn Jahre jünger war als Mama – ein Kind von Papa erwartete und dass Mama die Scheidung einreichen würde. Mama hatte sich über Annas gelassene Reaktion gewundert und war stolz auf ihre große, vernünftige Tochter gewesen. Doch wie es in Anna wirklich aussah, wusste sie nicht. Anna liebte ihren Papa und war trotzdem wütend auf ihn. Sie war froh darüber gewesen, dass die ewigen Streitereien bald ein Ende haben würden, und fürchtete sich doch vor dem Tag, an dem Papa auszog.

Anna war hin und her gerissen gewesen, und als Mama dann vor einem halben Jahr mit ihrem neuen Freund anrückte, war ihr endgültig der Kragen geplatzt. Papa lebte zwar schon seit einigen Monaten mit Hildegard zusammen, aber dass Mama ihr einfach so einen Ersatz-Vater vor die Nase setzte, ging zu weit. Zugegeben, Wilfried war eigentlich ganz in Ordnung, das hatte Anna inzwischen eingesehen, aber bis sie zu dieser Erkenntnis gekommen war, hatte sie sich mit jedem gefetzt, der ihr über den Weg gelaufen war: Mama, Olli, ihren besten Freundinnen Franzi und Alex, und natürlich Wilfried – jeder hatte sein Fett abbekommen.

Kaum hatte sie sich mit der neuen Situation einigermaßen angefreundet, kam der nächste Hammer. Wilfried, der seit zwei Monaten ganz bei ihnen wohnte, war Geologe und hatte eine supertolle Stelle angeboten bekommen – in Idar-Oberstein, einem Ort, von dem Anna noch nie gehört hatte. Im Schulatlas war sie schließlich fündig geworden. Idar-Oberstein lag ewig weit weg von Hamburg, mitten im Hunsrück, einem Mittelgebirge, und war berühmt wegen seiner Edelsteinvorkommen. Jedenfalls sollte Wilfried im Herbst dort seine neue Stelle antreten und nach einigem Hin und Her war klar, dass die ganze Familie umziehen würde.

Anna war stocksauer deswegen. Wer tauschte wohl freiwillig eine so tolle Stadt wie Hamburg mit irgendeinem Kuhdorf im Niemandsland? Und wer verlor gerne Freundinnen wie Franzi und Alex, mit denen sie nicht nur im Reitstall durch dick und dünn ging? Und was vielleicht am schlimmsten war – wer verzichtete schon auf ein Pflegepferd wie Pierot, um in irgendeinem Reitstall ganz von vorne anzufangen? Der Hannoveraner Pierot war, von Franzi und Alex einmal abgesehen, Annas bester Freund, und was für einer! Der schöne Fuchs mit der blonden Mähne und den großen, freundlichen Augen gehörte eigentlich Michi, die aber seit zwei Jahren studierte. Weil sie deshalb nicht mehr regelmäßig Zeit für Pierot hatte, war Anna sein Pflegemädchen geworden. Alle im Stall beneideten sie darum, denn Pierot war ein klasse Dressurpferd, mit dem Michi auf jedem Turnier Schleifen sammelte. Anna musste natürlich erst einmal eine ganze Menge dazulernen, denn zwischen den Schulpferden des Vereins und Pierot bestand ein himmelweiter Unterschied. Wer glaubte, gute Pferde seien einfacher zu reiten als weniger weit ausgebildete, lag total daneben! Das hatte Anna selbst erst einmal kapieren müssen, denn Pierot reagierte nicht nur viel feiner auf jede Hilfe, sondern eben auch auf alle unbeabsichtigten Bewegungen von Annas Händen oder Schenkeln. Wer sich auf so einem guten Pferd nicht total konzentrierte und ständig bei der Sache war, hatte nichts zu lachen. Jedenfalls hatte es ziemlich lange gedauert, bis aus Anna und Pierot ein richtig gutes Team wurde, und jetzt, wo die beiden so erfolgreich zusammenarbeiteten, kam der Umzug und damit der Abschied von Pierot, ihrem Traumpferd. Anna konnte nur hoffen, in Idar-Oberstein wieder einen so netten Reitstall zu finden wie daheim in Hamburg. Einen zweiten Pierot würde es dort natürlich nicht geben, aber vielleicht ein paar gute Schulpferde und ordentlichen Dressurunterricht.

Wie gesagt, Anna hatte die Nase gestrichen voll von Veränderungen. Einziger Lichtblick waren die längsten Sommerferien aller Zeiten, die ihr bevorstanden. Ganze drei Monate schulfrei, weil sie ja von einem Bundesland ins andere zog und somit gleich zwei große Ferien hintereinander genießen konnte. Genug Zeit also, um in Ruhe Abschied von Pierot, Franzi und Alex zu nehmen. Das dachte Anna zumindest.

Dass alles ganz anders kommen würde, konnte sie jetzt, fünf Wochen vor Ferienbeginn, nicht ahnen. Der Tag verlief ganz normal: morgens Schule, nachmittags Reitunterricht. Nichts wies darauf hin, dass sich während des kommenden Sommers vieles in Annas Leben erneut radikal ändern würde. Kein Donnerschlag dröhnte, kein plötzlicher Windstoß zauste die Birken vor dem Haus, keine Uhr schlug geheimnisvoll außer der Zeit, kein Fensterladen klapperte – alles absolute Fehlanzeige. In den meisten Büchern ging es ganz anders zu, da merkte man immer gleich, wenn sich bedeutungsvolle Entwicklungen ankündigten. Im richtigen Leben wurstelte man sich irgendwie durch den Alltag und schwuppdiwupp – war es schon passiert!

„Wir fliegen nach Island!“, verkündete Mama mit strahlendem Lächeln, als Anna müde und verschwitzt von der anstrengenden Reitstunde nach Hause kam und erst einmal ihre lästigen Lederstiefel loswerden wollte.

Ein unwilliges „Häh?“ war alles, was Anna hervorbringen konnte, während sie ächzend an den störrischen schwarzen Dingern zog.

Mama ließ sich in ihrer guten Laune nicht beirren. „Benutz doch den Stiefelknecht, Anna, du ruinierst dir die teuren Stiefel. Also, wir fliegen schon in fünf Wochen, da ist noch jede Menge zu tun! Kristinn freut sich schon auf dich. Wir müssen natürlich noch deine Reitsachen desinfizieren lassen, aber das klappt schon.“ Damit schob sie Anna den Stiefelknecht zu.

„Danke. Und wer fliegt wohin und warum?“, fragte Anna, nur mit einem Ohr bei der Sache, weil ihre Mutter wieder einmal einen ihrer nicht ganz leicht nachvollziehbaren Gedankensprünge hatte. Warum ihre Reitsachen desinfiziert werden mussten und wer Kristinn war, konnte sie sich beim besten Willen nicht erklären. Von Kuchenbacken auf Pobacken kommen, nannte Wilfried das immer. Anna musterte kritisch ihre Reithosen, aber die erschienen ihr nicht schmuddeliger als sonst auch.

„Wir fliegen nach Island, na, zumindest Wilfried, du und ich. Für drei Monate. Wegen Wilfrieds Arbeit über Erdwärme. Die Isländer sind von seinen Erkenntnissen begeistert, obwohl sie doch eigentlich die Spezialisten für Erdwärme sind. Olli kommt nicht mit, der will ja seine Ferien im Computercamp verbringen." Lächelnd strich Mama sich eine Haarsträhne aus dem Gesicht, bevor sie fortfuhr. „Wilfried und ich werden in Reykjavik bleiben, am Institut, aber du darfst die Zeit bei Wilfrieds Jugendliebe Kristinn verbringen, auf ihrem Islandpferdegestüt Högniholt. Da bist du unter Pferdeleuten! Reiten bis zum Abwinken, das hast du dir doch immer gewünscht! Na, freust du dich?"

Mit einem Mal war Anna hellwach und ganz bei der Sache. Und außerdem stinkwütend. Freuen sollte sie sich? Worüber denn, bitte schön?

„Erstens weiß ich überhaupt nicht, wovon du redest, und zweitens denke ich nicht im Traum daran, den Sommer irgendwo in der Einöde zu verbringen und mich mit einem Haufen Zottelponys rumzuschlagen. Der Umzug reicht mir gerade, jetzt kommst du auch noch mit so einer bescheuerten Idee! Ohne mich!" Annas Stimme war lauter und lauter geworden.

Jetzt verschwand das Lächeln von Mamas Gesicht, sie runzelte die Stirn. „Geh erst mal auf dein Zimmer, Annalotta, und kühl dich ab. Ich habe gedacht, du würdest dich freuen. Wir reden weiter, wenn du dich beruhigt hast!"

Wenn Mama sie Annalotta nannte, war die Lage ernst, das wusste Anna. Bockig trampelte sie die Treppe hoch, schmiss ihre Zimmertür mit einem lauten Knall zu und warf sich mit verschränkten Armen in ihren Sessel. Abkühlen sollte sie sich – da konnte Mama lange warten! Empört schimpfte Anna leise vor sich hin: „Ausgerechnet Island! Was soll ich da? Die spinnen wohl, mich einfach abzuschieben! Mit mir nicht!“ Auf ihre extralangen Ferien, auf die wertvolle Zeit mit Pierot zu verzichten, um auf einer kahlen Insel unter Ponys zu hausen, kam überhaupt nicht in die Tüte. Der Abschied von Pierot würde schwer genug werden!

Annas Blick fiel auf das große Poster, das über ihrem Bett hing. Mit großen dunklen Augen sah Pierot sie an, der rötliche Schopf verwegen im Wind wehend.

„Ach, Pierot, mein Dicker, ich werde dich so sehr vermissen!“, flüsterte sie, und schon traten ihr die Tränen in die Augen. Ärgerlich wischte sie sich mit ihrem stallstaubigen T-Shirt übers Gesicht – bloß nicht schon wieder heulen, das führte zu nichts! Schon seit Wochen hatte sie nah am Wasser gebaut und flennte beim geringsten Anlass los. So kannte sich Anna sonst gar nicht, aber in den letzten Monaten war einfach zu viel passiert, und nichts davon war gut.

„Schluss jetzt!“, schimpfte sie leise, „denk lieber an was Schönes!“

Das war leicht: Sie brauchte nur den letzten Sonntag in Gedanken wieder aufleben zu lassen, an dem sie mit Pierot das erste Mal in der A-Dressur platziert worden war.

Schon am frühen Morgen hatten Mama und Wilfried sie zum Turnierplatz gefahren, wo Michi bereits auf sie wartete. Um acht ging es los, und sie war als Dritte dran. Dieses Mal hatte einfach alles gepasst: Pierot war hoch konzentriert gewesen und hatte fantastisch mitgearbeitet, sie war locker und hatte viel sorgfältiger auf alle Hufschlagfiguren geachtet als bei früheren Starts. Das hatte Michi ihr eingeschärft. „Wenn du alle Lektionen sauber reitest und ganz pingelig darauf achtest, immer am richtigen Punkt anzukommen, hast du alleine damit schon jede Menge Punkte gesammelt." Und Michi hatte Recht behalten! Das überwältigende Gefühl, als dann ihre Startnummer für die Siegerehrung aufgerufen wurde, die stolzen Gesichter ihrer Freunde, Pierots Schwebetrab beim Einreiten, die Musik – all das ließ Annas Herz immer noch höher schlagen.

Wie glücklich war sie gewesen, obwohl sie da schon längst wusste, dass sie Pierot verlieren würde. Wenn Wilfried doch nur nicht so einen blöden Job hätte! Aber für Geologen gab es in Hamburg schlicht nichts zu tun. In Idar-Oberstein, hatte Mama ihr erklärt, war das anders. „Die Gegend um Idar-Oberstein ist bekannt für ihre Edelsteine und interessante geologische Formationen. Vom Schiefer bis zum Kupfer ist dort alles Mögliche zu finden!"

Anna waren Steine schnuppe. Der ganze Geologenkram konnte ihr gestohlen bleiben! Wegen Wilfrieds neuem Job würde sie ihre Schulfreundinnen, die Mädels vom Reitstall und vor allem Pierot verlieren!

Wie war sie jetzt bloß wieder auf den Umzug gekommen? Sie hatte doch an etwas Schönes denken wollen, hatte sich von Mamas blöder Island-Idee ablenken wollen. Aber so einfach war das nicht, Anna kochte immer noch. So eine Ungerechtigkeit! Was die Erwachsenen sich einbildeten, einfach so über einen zu verfügen! Mit dreizehn war man schließlich kein Baby mehr, das mit einer Rassel irgendwo in die Ecke gesetzt wurde, damit die Großen ihre Ruhe hatten.

Da blieb nur eins: Zurück in den Reitstall! Bei Pierot würde sie auf andere Gedanken kommen.

Leise öffnete Anna ihre Zimmertür und horchte nach unten. Die Luft war rein! Aus der Küche war das Geklapper von Schneebesen und Teigschüssel zu vernehmen, dazu plärrte das Radio irgendeinen Schlager, und Mama sang aus voller Kehle mit. „Aaaaaangelo, ich liiiiieb dich so!" – echt gruselig, Mamas Musikgeschmack.

Auf Zehenspitzen schlich Anna die Treppe hinunter. Nur nicht auf die vorletzte Stufe treten, die knarrte immer so laut, dass es Tote aufwecken könnte. Geschafft! Schnell im Vorraum die Turnschuhe angezogen, die Haustür aufgemacht, und mit einem vernehmlichen „Ich bin im Stall!" sprang Anna die Vortreppe runter, so schnell sie konnte. Aufs Fahrrad und nichts wie ab! So konnte Mama sich nicht beschweren; Anna hatte brav Bescheid gesagt, und da heute Freitag war, durfte sie sowieso länger weg. Dass Mama sie eigentlich ins Zimmer verbannt hatte, hatte Anna schon wieder vergessen.

Eilig radelte sie die Birkenallee entlang, vorbei an blühenden Fliederbäumen, bunten Blumenrabatten und frischem Rasengrün. Jetzt, im Spätfrühling, zeigte sich die Neubausiedlung von ihrer schönsten Seite.

Auf dem Fahrradweg ging es über die Autobahnbrücke, und wenig später hatte Anna den Stadtrand erreicht, wo in der Ferne bereits die roten Dächer der Reitanlage zu erkennen waren. Schon einige hundert Meter vor dem Stall sog Anna die Luft tief ein – der vertraute Duft nach Pferden und Leder ließ ihr Herz jedes Mal höher schlagen. Anna radelte durch den gemauerten Torbogen und stellte ihr Fahrrad vor dem Boxentrakt ab. Durch die geöffnete Tür hörte sie Mädchenstimmen, und Anna erkannte ihre Freundinnen Alexandra und Franzi. Eilig trat sie in die halbdunkle Boxengasse.

„Ihr könnt euch nicht vorstellen, was jetzt schon wieder passiert ist!“, sprudelte es aus ihr heraus, noch ehe sie die Freundinnen begrüßt hatte. „Ich soll den ganzen Sommer in Island bei irgendwelchen Reithamstern verbringen! Meine Mutter hat echt einen Knall!“

Franzi blickte aus Desdemonas Box zu ihr herüber, wo sie gerade damit beschäftigt war, ihre große Schimmelstute für die Springstunde zu satteln. In der Nachbarbox putzte Alexandra ihren braunen Wallach Alex.

Anna mochte Franzi ein kleines bisschen lieber als Alex, die manchmal sehr streng mit ihrem Pferd umging, wenn das nicht so wollte wie sie. Trotzdem war sie froh, die beiden Freundinnen hier zu treffen. Franzi hatte immer gute Ideen und ließ sich durch nichts so leicht erschüttern. Vielleicht hatte sie ja sogar eine Lösung für Annas „Island-Problem“.

Die beiden redeten gleichzeitig drauflos. „Ganz ruhig, Anna, was ist denn genau passiert?“, kam es bedächtig von Franzi, während Alex polterte: „Ich sag's ja immer, Eltern gehören abgeschafft!“

Anna setzte sich auf einen Strohballen und berichtete den Freundinnen haarklein von der neuesten Katastrophe. „Die wollen mich auf so ein blödes Isländergestüt abschieben! Dabei hatte ich mich so auf die Sommerferien und die Zeit mit euch und Pierot gefreut!“ Anna schluckte schon wieder an den aufsteigenden Tränen. Die langen Schulferien waren wirklich der einzige Lichtblick gewesen – drei Monate Aufschub, drei Monate mit Pierot und den Freundinnen!

Doch Franzi war nicht so mitfühlend, wie Anna erwartet hatte. „Warte doch erst mal ab. Vielleicht lässt deine Mutter ja noch mit sich reden. Außerdem finde ich die Idee gar nicht so schlimm. Island ist doch ein tolles Land! Du bist zu beneiden!“

Alex teilte Annas Ansichten über unmögliche elterliche Ideen und langweilige Zottelponys schon eher. „Pass bloß auf, dass du dir auf den Reithamstern da oben nicht deinen guten Sitz versaust. Sonst kannst du das Dressurreiten nämlich in den Wind schreiben!“

„Sag ich doch!“, ereiferte sich Anna, „nach Pierot irgend so ein vierbeiniger Rasenmäher, was für ein Abstieg!“ Anna war insgeheim sehr stolz darauf, dass ausgerechnet sie den im ganzen Stall bewunderten Dressurcrack Pierot reiten durfte, und über ihren guten Sitz zu Pferd hatte sie schon viele Komplimente gehört. Zu viele, wie Mama manchmal meinte. Sie befürchtete wohl, Anna würde das alles zu Kopf steigen. So ein Käse!

„Ich werde streiken!“, verkündete Anna trotzig. „Die können mich vielleicht abschieben, aber reiten werde ich dort ganz sicher nicht. Über das Stadium, wo ich mich mit Kinderponys abgeben muss, bin ich schließlich schon lange hinaus."

Franzi schüttelte leicht den Kopf und grinste. „Alte Angeberin – schieb lieber ab zu deinem Pierot, dann kommst du auf andere Gedanken. Er wartet bestimmt schon sehnsüchtig auf dich! Hat dich ja eine volle Stunde nicht gesehen ..."

Anna nickte nur, stand auf und stiefelte mit Riesenschritten – Rennen war im Stall streng verboten – die Stallgasse entlang.

Franzi wandte sich an Alex. „Dein Mitgefühl in allen Ehren, aber glaubst du wirklich, du hilfst Anna, wenn du sie noch darin bestärkst, alles schwarz zu sehen?"

Alex wollte eine heftige Antwort geben, aber Franzi kam ihr zuvor. „Nur die Ruhe, friss mich nicht, wir sind befreundet, schon vergessen?" Sie grinste.

Alex schmollte kurz, aber sie wusste, dass die Freundin Recht hatte. „Na gut", lenkte sie schließlich ein. „Vielleicht sollten wir uns mal überlegen, wie wir Anna den Abschied versüßen können."

„Wir treffen uns nach der Springstunde, okay?" Damit führte Franzi ihre Desdemona auf die Stallgasse und schlug den Weg zur Reithalle ein.

Anna saß inzwischen bei Pierot in der Box, auf einem dicken Strohpolster hinten in der Ecke. Pierot hatte sie wie immer mit zärtlichem Geblubber begrüßt und ihr seinen schönen Kopf förmlich in die Arme gedrückt. Er liebte es, wenn man seinen Kopf hielt und streichelte.

Anna hatte sich an seinen Hals gelehnt und ihm viele liebe Worte ins Ohr geflüstert, bis Pierot zart andeutete, dass er sich gerne wieder seiner Abendportion Heu widmen würde.

Anna hockte sich in die Ecke der Box, um in Ruhe nachzudenken. Um sie herum ging das geschäftige Leben des Reitstalls weiter. Gegen Abend kamen vor allem die berufstätigen Erwachsenen und machten ihre Pferde für die Springstunde oder den Dressurunterricht auf dem Außenplatz fertig. Pferde wurden geputzt und gesattelt, andere abgesattelt und eingedeckt, während draußen die Dämmerung anbrach. Längst brannte im Stall das Licht, als Anna schließlich aufstand, sich von Pierot verabschiedete und zu ihrem Fahrrad ging.

Franzi hatte Recht: Abwarten und Tee trinken hieß die Devise, vielleicht ließ sich Mama ja noch umstimmen. Sie musste doch einsehen, dass Anna unmöglich mit nach Island kommen konnte. Was sollte sie da?

Und wenn wirklich nichts mehr zu machen war, stand für Anna fest: Reiten würde sie dort auf keinen Fall, das würde ihrem Dressursitz und ihren mühsam erworbenen Kenntnissen sicher nur schaden.

„Ausgerechnet Island – warum muss Wilfried nicht nach Trakehnen oder Lipica reisen!“, murmelte Anna auf dem Heimweg vor sich hin. „Da gibt es wenigstens richtige Pferde und keine Zottelponys!“

Jede Menge Abschiede

Anna nahm sich vor, ganz ruhig und vernünftig mit Mama zu reden. Auf dem Heimweg vom Reitstall fielen ihr noch viele gute Gründe ein, warum sie die Sommerferien unbedingt in Hamburg verbringen musste. Hoffentlich sah Mama ein, dass sie Anna nicht einfach abschieben durfte, ausgerechnet jetzt!

Doch als Anna beim Abendessen mit ihr darüber reden wollte, kam sie überhaupt nicht zu Wort.

„Du, Mama ...“ – mehr brachte Anna nicht heraus.

Ihre Mutter winkte direkt ab. „Ich weiß, ich weiß. Dass du nicht fahren willst, Anna, habe ich inzwischen kapiert. Du hast dich ja unmissverständlich ausgedrückt! Ich kann dich sogar ein bisschen verstehen, aber an der Sache ist nichts mehr zu ändern, tut mir Leid. Wilfried muss nach Island, da führt kein Weg dran vorbei, und ich werde ihn begleiten. Du glaubst doch nicht, dass ich ihn unter all den hübschen blonden Isländerinnen alleine lasse!“

Anna war nicht nach Scherzen zu Mute. „Aber ich kann doch auch alleine daheim bleiben! Ich bin doch kein Baby mehr! Schließlich fährt Olli alleine ins Computercamp, und der ist erst elf!“

Mama war nicht zu überzeugen. Das sei schließlich etwas völlig anderes, da sei Olli nicht sich selbst überlassen, sondern mit anderen computerverrückten Kids zusammen. Und jede Menge Erwachsene seien natürlich auch da und passten auf. Anna sah Olli Hilfe suchend an, doch der rollte nur viel sagend mit den Augen.

„Aber ...“, wollte Anna es noch einmal versuchen, doch Mama schnitt ihr das Wort ab. „Nix aber, keine Diskussionen, Feierabend! Du kommst mit, und Schluss. Ich habe wirklich gedacht, wir machen dir mit dem Urlaub eine Freude, und jetzt sträubst du dich so dagegen!“

Wilfried mischte sich ein, was er nur selten tat. Mit einem Seitenblick auf Mama meinte er: „Vielleicht befürchtet Anna, dort ganz alleine zu sein und niemanden zu verstehen? Keine Angst, Anna. Kristinn lebt zwar schon sehr lange in Island, aber sie ist Deutsche, sie kommt auch aus Norddeutschland, aus der Lüneburger Heide. Und du wirst auf Högniholt bestimmt schnell Anschluss finden. Du bist dort unter lauter Reitern und Pferden, etwas Besseres kann dir doch nicht passieren!“

„Von wegen Pferde, Kinderponys sind das!“, knurrte Anna, aber es hatte keinen Zweck. Mama konnte wirklich unglaublich stur sein. Wütend verzog Anna sich direkt nach dem Essen auf ihr Zimmer und ließ sich den ganzen Abend nicht mehr blicken.

Später rief Franzi noch an. Olli brachte Anna das schnurlose Telefon aufs Zimmer und so konnten die beiden ungestört miteinander quatschen.

„Keine Chance“, berichtete Anna niedergeschlagen,

„ich hab alles probiert, aber Mama lässt sich nicht umstimmen. Was soll ich jetzt bloß tun?"

„Weißt du", begann Franzi vorsichtig, „du wirst das nicht gerne hören, aber ich denke, du wirst dich ins Unvermeidliche fügen müssen. Und du solltest überlegen, wie du das Beste daraus machen kannst."

„Du hast gut reden!", antwortete Anna aufgebracht. „Als ob das so einfach wäre! Du musst ja schließlich nicht nach Island, und du musst auch nicht in so ein dämliches Kaff ziehen."

„Ich weiß, du hast ja Recht", antwortete Franzi ruhig. „Aber du kannst an der Sache nichts mehr ändern, und wenn du jetzt die restliche Zeit vor den Ferien damit verbringst, dich zu ärgern, machst du es nur noch schlimmer. Also schluck die Kröte!"

„Na denn, guten Appetit!", frotzelte Anna und musste trotz ihrer miesen Laune plötzlich kichern.

„Das hört sich schon viel besser an", meinte Franzi. „Und jetzt lass uns überlegen, was wir in den nächsten fünf Wochen alles unternehmen wollen, okay? Was hältst du zum Beispiel von einer Mega-Abschiedsfete im Reitstall?"

Anna gab sich einen Ruck und versuchte etwas Begeisterung für Franzis Idee aufzubringen, und bald hatte sie vor lauter Planen und Überlegen ihren Kummer tatsächlich ein wenig vergessen. Als sie eine halbe Stunde später den Hörer auflegte, war sie nicht mehr ganz so traurig und sauer. Jedenfalls freute sie sich auf die Party und war schon gespannt, was Franzi und Alex aushecken würden. Franzi hatte nämlich angedeutet, dass die beiden sich ein ganz besonderes Abschiedsgeschenk für Anna ausdenken wollten.

Die nächsten Tage und Wochen vergingen wie im Flug. In der Schule war vor den Sommerferien wie immer der Teufel los, so kurz vor Notenschluss standen andauernd Klassenarbeiten und Tests an. Nach der Schule nahm sich Anna kaum Zeit zum Mittagessen, denn sie wollte so schnell wie möglich zum Stall, und vorher musste noch ein Berg an Hausaufgaben erledigt werden. Mama war da unerbittlich, nachdem die letzte Mathearbeit so in die Hose gegangen war. Anna fügte sich also ins Unvermeidliche – darin bekam sie langsam Übung – und erledigte gewissenhaft alle Hausaufgaben, bevor sie sich umzog und in Windeseile zum Reitstall radelte. Dort wartete Pierot immer schon sehnsüchtig auf sie.

Als ob der hübsche Fuchs mit den großen Augen ahnte, dass ihre gemeinsame Zeit zu Ende ging, wandte er sich immer mehr Anna zu. Sein dunkles Wiehern war bereits zu hören, wenn Anna mit viel Schwung und entsprechendem Geklapper ihr Fahrrad vor dem Stall abstellte. Öffnete sie dann seine Box, war erst einmal Schmusen angesagt. Bewegungslos drückte Pierot seinen schönen Kopf in Annas Arme und ließ sich kraulen, bis sie ihn mit einem energischen „Nun aber los, mein Dicker, wir wollen doch heute noch was erleben!“ aufhalfterte und zum Putzplatz führte.

Es war schade, dass es rund um den Reitstall nur so wimmelte von Reitverbotsschildern und betonierten

Feldwegen, ins Gelände konnten Anna und Pierot deshalb nur selten reiten. Stattdessen ging sie lieber mit ihrem Pierot spazieren, was beiden besonders jetzt, in der Zeit des Abschieds, gut tat. Der lärmende Reitbetrieb lag schnell hinter ihnen, und beim gemeinsamen Bummeln durch die Landschaft kam Anna zur Ruhe. So konnte sie über vieles nachdenken und die letzten verbleibenden Tage mit ihrem vierbeinigen Freund genießen.

Anna hatte eine ganze Weile gebraucht, bis ihr Zorn auf ihre Mutter ein wenig verraucht war. Auch auf Wilfried und Olli war sie ein paar Tage nicht gut zu sprechen gewesen. Auf Wilfried war sie sauer, weil er schließlich schuld an der ganzen Island-Katastrophe war. Und dass Olli nicht mitfahren musste, sondern wie geplant ins Computercamp durfte, war einfach ungerecht! Dazu kam, dass ihr kleiner Bruder sie bei jeder Gelegenheit aufzog, aber wenn man erst elf war, musste man wohl zwangsläufig eine Nervensäge sein.

„Ich seh dich schon auf so einem Reithamster, Anna, wie du die Fersen fest in den Boden gräbst, um dein Pony zu bremsen. Mit deinen langen Beinen kannst du sicher beim Reiten bequem mitlaufen."

Als seine Schwester jedoch überhaupt nicht auf seine Spötteleien reagierte, gab er irgendwann auf.

Die große Abschiedsparty im Reitstall sollte eine Woche vor dem letzten Schultag stattfinden. Schon Tage vorher schufteten Anna, Alex und Franzi, um den Aufenthaltsraum des Reitstalls auf Vordermann zu bringen.

Erst wurde geputzt und geschrubbt, dann mussten unzählige Luftballons aufgeblasen, Luftschlangen befestigt und Tische und Bänke aufgestellt werden.

Aber die Mühe lohnte sich, die Fete wurde ein voller Erfolg! Annas Freunde aus dem Reitstall und aus ihrer Klasse kamen alle und brachten als Abschiedsgeschenk einen riesigen Bildband über Pferde mit, den Anna sich schon lange gewünscht hatte. Am Nachmittag gab es jede Menge Kuchen, gestiftet von Annas und Franzis Müttern, und abends wurde am Lagerfeuer gegrillt. Annas Mama hatte Salate vorbereitet und genug Würstchen gekauft, um alle durchzufüttern.

Es war schön, mit so vielen guten Freunden rund ums Feuer zu sitzen und zu klönen, aber es war auch traurig, denn allen war klar, dass sie vermutlich zum letzte Mal so zusammensaßen. Doch bevor Anna so richtig trübsinnig werden konnte, rückten Alex und Franzi mit ihrer Überraschung heraus. Mit vereinten Kräften schleppten sie einen riesigen Geschenkkorb heran, der bis obenhin gefüllt war mit leckeren Teesorten, einer Tüte Kandiszucker, einem Berg Süßigkeiten, einem Buch mit dem Titel „Island-Saga" und einem dicken Ordner. Als Anna ihn aufschlug, stand auf dem ersten Blatt in großen Buchstaben: „Alles über Island!"

Mit viel Mühe hatten ihre beiden Freundinnen alles Mögliche über Island gesammelt und in dem Ordner abgeheftet. Reportagen, Bilder, Landkarten, dazu viele auf Franzis Computer geschriebene Listen und Texte, schön ordentlich nach Themen zusammengestellt. „Islandpferde" stand über einem Blatt, „Kleines isländisches Wörterbuch" auf einem zweiten.

Anna war gerührt, dass ihre Freundinnen sich so viel Mühe gemacht hatten, und bedankte sich überschwänglich. Informationen über Island hatte sie nun mehr als genug!

Am Tag nach der Fete musste Anna zunächst gemeinsam mit Alex und Franzi das Chaos im Aufenthaltsraum beseitigen. Den ganzen Sonntagvormittag schufteten sie und ritten nach dem Mittagessen gemeinsam aus.

Erst am Montag kam Anna zum Verschnaufen und konnte in Ruhe in dem Ordner der Freundinnen lesen. Übermorgen gab es Zeugnisse, Hausaufgaben hatte sie heute nicht zu erledigen, und im Reitstall war Ruhetag. Zwar hatte Anna immer ein schlechtes Gewissen, wenn ihr Pierot jeden Montag komplett in der Box verbringen musste, aber heute war sie ganz froh, mal die Füße hochlegen zu können. Draußen regnete es Bindfäden und es herrschte graues Dämmerlicht. Mit einem tiefen Seufzer ließ Anna sich in ihren Lesesessel fallen und griff nach dem dicken Ordner von Franzi und Alex. Neugierig schlug sie die erste Seite auf.

„Hjartanlegur velkominn, Anna" stand da in großen Buchstaben. Hm, das hieß sicher „Herzlich Willkommen, Anna!" Ganz unten auf der Seite fand sie einen handschriftlichen Vermerk. „Isländisch – ohne Gewähr!" Anna musste lachen. Die beiden hatten ihre Weisheiten garantiert aus einem Wörterbuch, und da fand man eben nicht alles. Sie blätterte weiter.

„Islandpferde“ stand ganz oben auf der zweiten Seite und darunter „Islenskur Hesturinn“ – wahrscheinlich die isländische Übersetzung. Wieso Pferde, überlegte Anna, das waren doch eindeutig Ponys. Zwar größer als Shetlandponys, so etwa wie Haflinger oder Norweger, aber auf keinen Fall richtige Pferde! Auf der Rückseite entdeckte Anna ein Bild von einem kleinen Fuchs mit wuscheliger Mähne und fröhlich blitzenden Augen, der mitten in einem See wogender Gräser stand. „Jede Menge Pferd in kleiner Verpackung“ stand darunter, das war offensichtlich Alex´ Erklärung. Auf der nächsten Seite fand Anna unter der Überschrift „Was du über das Islandpferd wissen solltest, auch wenn du keines reiten magst“ einen typischen Franzi-Aufsatz.

„Die Islandpferde – sag bloß nicht Islandponys, es sei denn, du möchtest dich unbedingt unbeliebt machen – sind eine der ursprünglichsten Rassen der Welt. Ihre Zucht wird seit ungefähr 1000 Jahren als Reinzucht betrieben, das heißt, dass die Isländer nie mit anderen Rassen wie z.B. Arabern gekreuzt wurden. Aus diesem Grund herrscht ein striktes Einfuhrverbot, es dürfen also keine Pferde von außerhalb nach Island gebracht werden. Selbst Islandpferde, die für Europa- oder Weltmeisterschaften auf den Kontinent geflogen werden, dürfen nie wieder zurück! Damit schützt sich Island übrigens auch vor Infektionskrankheiten wie Druse oder Pferdehusten. Um diese und andere Erkrankungen weiterhin fern zu halten, dürfen auch keine verschmutzten Reitstiefel oder Reithosen auf die Insel mitgenommen werden, alles muss entweder neu oder keimfrei sein.

Wie alt und bedeutend die Rasse der Islandpferde ist, kannst du daran erkennen, dass Sleipnir, das Götterpferd, ein Isländer war. Sleipnir hatte bekanntlich sechs Beine, und das war früher das übliche Bild für ein töltendes Pferd. Tölt ist die Spezialgangart der Islandpferde, von der Kenner behaupten, nur Fliegen sei schöner. Na ja, das ist für dich weniger interessant, du wirst ja keinen Isländer reiten. Jedenfalls soll diese Gangart für den Betrachter wie ein einziges Beingewusel aussehen, und weil das früher niemand genau erkennen konnte, hat man eben ein Pferd mit sechs Beinen gemalt. Also, ein bisschen Respekt musst du den ‚Pferden der Götter' schon entgegenbringen!"

Franzi übertrieb mal wieder maßlos, fand Anna. Wieso sollte sie vor diesen Kinderponys Respekt haben? Und warum machten die Isländer bloß so ein Aufhebens um ihre Ponys, pardon, Pferde? Ein bisschen Fremdblut, vielleicht von Englischen oder Arabischen Vollblütern, hätte den Reitzwergen vermutlich ganz gut getan. Aber die Sache mit dem töltenden Sleipnir fand Anna ganz interessant, darauf wäre sie nie gekommen. Gut, wenn man so schlaue Freundinnen hatte, da konnte sie auf Högniholt mit ihrem Wissen direkt ein bisschen Eindruck schinden. Und nun wusste sie wenigstens auch, warum Mama ihre Reithosen hatte desinfizieren wollen. Aber das war nicht nötig, denn ihre Reitsachen würde Anna einfach nicht mitnehmen. Basta!

Island lässt grüßen

„Uuuaaah!“ Todmüde saß Anna im Flugzeug und konnte kaum mehr die Augen offen halten. Sie gähnte ein ums andere Mal so ausgiebig, dass Wilfried meinte, er könne bis Timbuktu schauen – Frechheit! Er und Mama hatten schließlich gestern Abend gefaulenzt, während Anna bis spät in die Nacht damit beschäftigt gewesen war, ihre geliebten Pferdeposter sorgfältig von der Tapete zu lösen, einzurollen und sicher zu verpacken. Daheim sah es jetzt aus wie Kraut und Rüben, alles war für die Möbelpacker vorbereitet, die heute noch sämtliche Kisten und Möbel einladen und Richtung Idar-Oberstein transportieren würden.

Trotzdem war Anna ganz froh über die viele Arbeit gewesen, so musste sie wenigstens nicht dauernd an den traurigen Abschied von Pierot, Alex und Franzi denken. Vorgestern war es so weit gewesen – der Moment, vor dem Anna sich schon seit Wochen gefürchtet hatte. Weinend hatten die drei Freundinnen sich in den Armen gelegen, eng an Pierot gekuschelt, der ganz bedrückt in seiner Box stand und keine Ahnung hatte, warum sein geliebtes Pflegemädchen so traurig war. Einen riesigen Sack Möhren hatte Anna noch besorgt, davon sollten Franzi und Alex jeden Tag ein paar an Pierot verfüttern. Wenigstens würde Michi in ein paar Wochen mit dem Studium fertig sein und konnte sich dann wieder mehr um ihr Pferd kümmern. Bis dahin wollten Alex und Franzi ihn jeden Tag bewegen, das hatten sie Anna fest versprochen. Aber ein richtiger Trost war das natürlich nicht. Anna fiel es immer noch schwer zu begreifen, dass sie ihre Freundinnen und ihr geliebtes Pferd in Zukunft nur noch bei Besuchen wieder sehen würde.

„Uuuaaah!" – noch so ein Gähnen, und sie musste sich den Kiefer einrenken lassen! Es war aber auch wirklich anstrengend gewesen in den letzten Tagen. Die hektische Packerei, die Ankunft von Tante Sieglinde, die den Umzug überwachen würde, die Fahrt zu viert nach Frankfurt, um dort Olli in den Zug nach Bad Oldesloe zum Computercamp zu setzen, Umsteigen in den Zubringer für den Flughafen und dann der Beginn von Annas erster Flugreise! Sie hatte während des Starts ganz schön Herzklopfen gehabt, und ein bisschen schwummerig war ihr auch geworden. Aber jetzt drohten das gleichmäßige Dröhnen der Motoren und das leise Stimmengewirr der anderen Passagiere Anna langsam ins Reich der Träume zu schicken. Nur mit Mühe konnte sie die Augen offen halten, obwohl es doch erst Nachmittag war! Gut, dass sie sicherheitshalber den dicken Ordner von Franzi und Alex als Handgepäck mitgenommen hatte, der würde sie wach halten. Bis zur Ankunft auf dem Leifur-Eirikson-Flughafen in Kevlavik dauerte es noch eine Weile, da konnte sie in Ruhe schmökern.

Anna schlug eine Seite auf, die ihr beim Durchblättern ins Auge gefallen war. „Kleines isländisches Wörterbuch“ stand oben auf dem Blatt, darunter hatte jemand -sicher Franzi - geschrieben: „Sprache = Kultur = Patriotismus“. Klang unverständlich, was das wohl zu bedeuten hatte? Auf der Rückseite fand Anna die Erklärung:

„Das Isländische ist eine sehr alte Sprache, die sich in den letzten 1000 Jahren kaum verändert hat. Die Isländer sind sehr stolz auf ihre Sprache und betrachten sie als eine Art Nationalheiligtum. Dies geht so weit, dass sie moderne Wortschöpfungen wie Begriffe für Computer oder Telefon nicht aus dem Englischen oder Lateinischen ableiten, sondern aus isländischen Worten. So heißt Computer auf Isländisch „tölva“, dieses Wort setzt sich aus „tala“ (Ziffer) und „völva“ (Wahrsagerin) zusammen.

Isländisch ist eine sehr komplizierte Sprache. Trotzdem war es schon im Mittelalter, als andernorts die Mehrzahl der Bevölkerung noch Analphabeten waren, für Isländer Ehrensache, ihre Sprache in Wort und Schrift zu beherrschen. Aber keine Angst, Anna, die meisten Isländer sprechen Englisch, wahrscheinlich auch, weil im Fernsehen viele Filme im englischen Original gesendet werden. Für alle Fälle hier aber noch ein paar wichtige Redewendungen:

‚Guten Tag‘ heißt Gódan dag

‚Auf Wiedersehen‘ heißt Saelar

‚Ich heiße …‘ heißt Ég heiti …

‚Danke schön' heißt Kaerar thakkir.

Also, lern fleißig Isländisch!"

So etwas konnte nur Franzi einfallen – in den Sommerferien ausgerechnet eine so seltsame und schwierige Sprache zu lernen. Nein danke, ihr reichten die vier Beispiele durchaus, sie würde lieber den Mund halten, als sich zu blamieren! Und wenn sie sich mit ihrem Schulenglisch durchmogeln konnte, umso besser!

Es knackte in dem Lautsprecher über ihr. „Liebe Fluggäste, hier spricht Ihr Pilot. Wir erreichen in Kürze den Leifur-Eirikson-Flughafen in Kevlavik. Wir werden planmäßig landen, sodass Sie alle Anschlussverbindungen der Inlandsflüge erreichen. Die Temperatur am Boden beträgt acht Grad bei Windstärke vier und starkem Regen. Kein sonderlich freundlicher Empfang, aber trösten sie sich: Soeben erreichte uns die Nachricht, dass ein Schneesturm im Landesinneren mehrere Passstraßen unpassierbar gemacht hat. Es hätte also schlimmer kommen können und ich darf Ihnen, verehrte Fluggäste, versichern, dass auf Island die wunderbare Landschaft und die freundlichen Menschen alle Wetterkapriolen vergessen lassen. Danke, dass Sie mit Icelandair geflogen sind. Das Flugpersonal und ich …"

Blablabla. Anna hatte schon abgeschaltet. Acht Grad, und das Anfang Juni! Regen! Schneestürme! Das konnte ja heiter werden. Ein Glück, dass sie ein paar dicke Fleecepullis eingepackt hatte, die würde sie brauchen. Mama, die neben Anna saß, stupste sie leicht an. „Anschnallen, Schatz, wir landen gleich!"

Wilfried blinzelte vergnügt zu den beiden herüber. „Es kommt mir fast vor, als würde ich nach Hause fliegen. Ich habe früher so viel Zeit auf Island verbracht, erst für meine Doktorarbeit und dann, ihr wisst ja, mit Kristinn auf Högniholt."

Nein, Anna wusste nicht, und sie wollte auch gar nichts wissen. Wilfrieds Verflossene interessierte sie nicht die Bohne, und sie fand es auch nicht gerade passend, dass Wilfried Mama gegenüber von seiner Ex redete, gerade so, als vermisse er sie immer noch.

Doch Mama schien das nicht zu stören, sie zwinkerte Wilfried verschmitzt zu und meinte nur bedeutungsvoll: „Kristinn und ich werden uns sicher ausführlich über dich unterhalten ..."

„Oh weh, das fehlte noch!" Wilfried verzog mit gespieltem Entsetzen das Gesicht.

Anna sah aus dem Fenster, wo eine dichte graue Wolkendecke ihr die Sicht nach unten versperrte. Irgendwo dort rückte sie immer näher, die Insel aus Feuer und Eis, der Anna mit äußerst gemischten Gefühlen entgegensah.

Das Flugzeug flog eine weite Kurve und senkte dann beinahe unmerklich die Nase. Die düstere Nebelküche wurde noch undurchdringlicher, während die Maschine den Flughafen anflog. Erst kurz über dem Erdboden verschwanden die grauen Nebelfetzen und gaben den Blick frei auf dunkle Hügelketten. Ein paar Gebäude huschten vorbei, und in der Ferne tauchten die Lichter der Landebahn auf. Ein leichter Stoß beim Aufsetzen, und schon rollte die Maschine auf die regenfeuchten Flughafengebäude zu.

Jetzt, wo die Aufregung ihres ersten Fluges vorbei war, drohte Anna die Müdigkeit endgültig zu überwältigen. Mama und Wilfried schleusten sie aus dem Flugzeug und deponierten sie wie ein verlorenes Gepäckstück in der Halle, während sie die Koffer abholten und das reservierte Mietauto vorfuhren. Anna wurde auf dem Rücksitz verstaut, und dann ging es über nasse Straßen Richtung Landesinnere.

Wilfried drehte sich zu Anna um und erklärte ihr, wie sie fahren würden. „Der Flughafen liegt auf einer Landspitze an der Südwestküste Islands. Von hier fahren wir erst einmal auf die Ringstraße, die sich in Küstennähe rings um Island zieht. Wir müssen nach Osten und biegen dann Richtung Þjórsárdalur ab, das heißt Stierflusstal. Dort liegt Högniholt, ganz in der Nähe der Hekla. Das ist ein Vulkan, der bis heute aktiv ist. Das Stierflusstal war lange Zeit völlig verlassen, bis Archäologen in Stöng das Haus des berühmten Wikingers Gaukur rekonstruierten. Wenig später hat Kristinn sich dort angesiedelt, es gibt dort gutes Weideland. Der Südwesten Islands ist für seine vielen Naturwunder und archäologischen Schätze bekannt. Aber da kann dir Kristinn sicher mehr darüber erzählen, falls es dich interessiert."

Ganz sicher nicht, keine Chance, dachte Anna und blickte missmutig aus dem Fenster auf die düstere Landschaft. Ihre Müdigkeit war kurzfristig verschwunden, die kalte Luft hatte sie aufgeweckt. Die Heizung im Auto lief auf Hochtouren und auch die Scheibenwischer machten Überstunden. Alles an diesem Land schien dunkel, trübe und nass zu sein, der Regen und die Kälte schienen alle Farben ausgebleicht zu haben. Undeutlich ließen sich moosbedeckte Hügel abseits der Straße erahnen, ansonsten brachte nur das grelle Scheinwerferlicht der Autos Abwechslung in die abweisende, feuchte Einöde.

Anna seufzte leise. Sie konnte förmlich spüren, wie angesichts dieses regnerischen Empfangs ihr Vorsatz, Island wenigstens eine Chance zu geben, geradewegs den Bach hinuntergespült wurde. Drei Monate sollte sie es hier aushalten! Und wenn es die ganze Zeit regnete? Oder, noch schlimmer, sie sogar in einen Schneesturm geriet?

Schnell schlug sie ihren Island-Ordner auf, da gab es doch eine Seite mit Informationen über das Wetter, wenn sie sich recht erinnerte. Da: „Zahlen, Daten, Fakten – Island kompakt". Zu diesem Thema hatten Franzi und Alex eine lange Liste zusammengestellt.

„Land und Leute: Island ist die zweitgrößte Insel Europas, sie liegt nah am Nordpolarkreis. 10% der Insel sind von Lava bedeckt, 11% von Eis und nur 1% des Landes sind Felder, Städte und Dörfer. Die höchste Erhebung ist der Hvannadalshnúkur mit 2119 m. Island ist extrem dünn besiedelt. Auf der Insel leben insgesamt nur rund 285 000 Einwohner, davon allein 60% in Reykjavik und Umgebung."

Na bitte, eine Einöde, das sieht man, dachte Anna.

Aber wo war die Information übers Wetter? Vielleicht war das Klima so kalt und nass, dass Franzi und Alex es ihr lieber verschweigen wollten? Aha, das musste es sein:

„Kalt, kälter, am kältesten? Von wegen. Das Klima wird vom warmen Golfstrom und den südwestlichen Winden geprägt. Trotz seiner Lage am Rande des Nordpolarkreises ist es in Island ziemlich mild. Im Januar liegt die Durchschnittstemperatur bei – 0,5 Grad, genau wie in Hamburg! (Pah, aber in Hamburg gab es im Juni keine Schneestürme, oder?) Der Norden und Osten sind kälter, aber auch niederschlagsärmer als der Süden und Westen. Trotzdem: Wettertechnisch gesehen musst du in Island immer auf alles gefasst sein!"

Hm, das hörte sich zumindest so an, als sei Abwechslung angesagt. Ob ihr ein Schneesturm allerdings lieber wäre als der Dauerregen, der sie seit ihrer Ankunft auf Island begleitete, bezweifelte Anna. Während sie noch darüber nachgrübelte, bog der Wagen von der Ringstraße auf eine Nebenstraße ab. Wilfried drehte sich erneut zu Anna um. „Nicht mehr lange, und wir sind im Stierflusstal!"

Aber jetzt waren Anna endgültig die Augen zugefallen, und während sie von Schneestürmen, Pferden und Wikingern träumte, schraubte sich der Geländewagen auf Schotterwegen immer höher, immer weiter ins Landesinnere vor. Längst hatte es aufgehört zu regnen, und die untergehende Sonne blinzelte schüchtern zwischen den Wolken durch. Anna schlief.

Kein guter Anfang

Anna war ganz allein. Um sie herum nichts als Gras, niedrige Hügel, dazwischen Täler, in denen graue Nebelfetzen hingen, und das klagende Geräusch des Windes. Der Sturm brauste über die weite, düstere Ebene und trieb den Regen vor sich her. Anna drehte sich um sich selbst, doch ringsherum war nichts als endlose Weite. Da, hatte da nicht eben ein Pferd gewiehert? Ganz in der Ferne sah Anna plötzlich eine kleine dunkle Gestalt, die scheinbar aus dem Nichts aufgetaucht war und sie nun zu beobachten schien. Es war ein Pferd, ein kräftiges schwarzes Pony mit langer Mähne, das da unbeweglich am Horizont stand. Anna rief: „Dalur, Dalur! Komm zu mir!" Der Rappe spitzte die Ohren, setzte sich in Bewegung und kam auf Anna zugaloppiert. Anna war erleichtert – gleich würde sie nicht mehr so alleine sein! Doch plötzlich verschwand der kleine Rappe in einer dunklen Nebelwand. Ein kurzes Wiehern war noch zu vernehmen, dann heulte nur noch der Wind durch die Einsamkeit. „Dalur, wo bist du?", rief Anna verzweifelt, aber es kam keine Antwort.

Anna schreckte schlaftrunken hoch. Wo war sie? Ihr Herz schlug wild, das Gefühl der Verlassenheit hielt sie gefangen. Ein seltsamer, unheimlicher Traum war das gewesen. Immer noch sah sie die weite, einsame Ebene vor sich und das kleine rabenschwarze Pony. Wie war noch sein Name gewesen – Dalur? Ein eigenartiger Name, wie sie wohl darauf gekommen war?

Verschlafen sah Anna sich um. Sie war alleine im Auto, das auf einem geschotterten Parkplatz abgestellt war. Einige Schritte entfernt befanden sich zwei spitzgiebelige Häuser mit roten Fenster- und Türrahmen. Über der Eingangstüre brannte eine Lampe, die hell und freundlich auf Mama, Wilfried und eine fremde Frau mit blonden Haaren herabschien. Das musste Kristinn sein! Anna reckte sich, stieg etwas steif aus dem Auto und sah sich um. Im Dämmerlicht konnte sie ringsherum grün schimmernde Hügel erkennen, die wie ein Schutzwall das Gehöft umschlossen. Zwei weiß gestrichene Holzhäuser mit grasbewachsenen Dächern, zwei Scheunen, ein paar kleinere Gebäude und eine Reitbahn waren locker um eine große Rasenfläche gruppiert.

Ein lautes „Wuff!“ ließ Anna hochschrecken. Zu ihren Füßen bellte ein rostroter, wuscheliger kleiner Hund aus Leibeskräften, während er gleichzeitig wie wild mit dem Schwanz wedelte.

„Das ist Gusti, mein Islandspitz. Er tut nur so gefährlich, wir bekommen hier draußen nicht viel Besuch, weißt du. Ich bin Kristinn!“ Vor Anna stand eine schlanke blonde Frau mit den leuchtendsten blauen Augen, die sie je gesehen hatte, und streckte ihr zur Begrüßung die Hand hin. Anna war unsicher, sollte sie die Fremde etwa direkt duzen?

„Hallo, ich bin Anna, Frau …“, doch Kristinn winkte ab. „Hier in Island nennen wir uns alle beim Vornamen, du wirst dich schnell daran gewöhnen. Wir Inselbewohner müssen zusammenhalten, deswegen halten wir nicht viel von Förmlichkeiten.“

Anna nickte verlegen und beugte sich mit rotem Kopf zu Gusti hinunter, der sein Gebell eingestellt hatte und versuchte, sie für einen eilig herbeigeschleppten Ball zu begeistern.

„Er ist etwas aus der Art geschlagen, mein Gusti. Eigentlich sind Islandspitze Arbeitshunde, die vor allem beim Treiben der Schafe eingesetzt werden. Gusti ist das offensichtlich nicht bewusst, er hält sich für einen Schoßhund“, sagte Kristinn und lachte. „Komm erst mal rein, Anna, ich zeige dir dein Zimmer. Du musst hundemüde sein.“

Gusti bellte einmal „Wuff!“, als wollte er seine Expertenmeinung zum Thema „Hundemüde“ abgeben. Mama und Wilfried waren schon ins Haus gegangen, ihre Stimmen drangen durch die offene Türe zu Anna herüber. Kristinn schnappte sich Annas Koffer, und Anna schulterte ihren Rucksack. Gemeinsam betraten sie die holzgetäfelte Diele, in der schon Mamas Gepäck stand. Mama und Wilfried würden nur diese Nacht hier verbringen und am nächsten Tag nach Reykjavik zum Institut weiterfahren.

Über eine alte Holztreppe ging es ins Obergeschoss, wo Kristinn schwungvoll eine weiß gestrichene Tür öffnete. „Das ist für die nächsten Monate dein Reich. Ich hoffe, du fühlst dich hier wohl. Das Bad ist nebenan, Sprudel steht auf dem Nachttisch. Ich lasse dich jetzt allein, du willst sicher direkt ins Bett. Ist ja auch spät geworden."

Anna sah sie erstaunt an. „Spät? Aber es ist doch noch gar nicht ganz dunkel!"

„Sieh mal auf die Uhr, du Nachteule. Du bist hier im Land der Mitternachtssonne! Hier wird es im Sommer nie richtig dunkel!" Kristinn grinste und zog die Tür hinter sich zu.

Sie hatte Recht, die Wanduhr über dem Türbalken zeigte tatsächlich schon auf halb zwölf. Plötzlich merkte Anna, wie erschöpft sie von der ganzen Aufregung des Tages war. Todmüde streifte sie die Schuhe von den Füßen, schlüpfte aus ihren Jeans und kroch mit T-Shirt und Pulli bekleidet ins Bett. Noch bevor ihr Kopf das Kopfkissen berührte, war sie schon fest eingeschlafen.

Anna merkte nicht, wie wenig später die Tür aufgedrückt wurde und Gusti auf leisen Pfoten in ihr Zimmer tapste. Er kugelte sich auf dem geknüpften Teppich vor dem Bett zusammen, und Minuten später schlief auch er tief und fest.

„Dalur, Dalur, Dalur ... wo bist du?" Erschreckt setzte Anna sich auf. Schon wieder dieser Traum. Wie beim ersten Mal war sie ganz alleine gewesen in einer dunklen, nebelverhangenen Einöde, und wieder war da dieses Pony aufgetaucht. Sie hatte es gerufen, doch es war ebenso plötzlich verschwunden wie in ihrem ersten Traum. Anna schüttelte sich. Unheimlich, dieser

Traum, und doch ließ sie der Gedanke an das lackschwarze Pony nicht los.

Die Sonne schien hell durch die weißen Vorhänge am Fenster und malte Muster auf die bunte Bettdecke. Mit einem Satz sprang Anna aus dem Bett und stolperte prompt über Gusti, der immer noch eingerollt auf dem kleinen Teppich lag. Peng! Mit einem lauten Knall flog sie der Länge nach auf den Holzboden. Autsch! Anna verzog das Gesicht und rieb sich ihre Knie. Der Lärm hätte Tote aufwecken können, aber sicher schlief niemand mehr, die Sonne stand schließlich schon eine gute Handbreit über dem Horizont. Doch die Wanduhr zeigte erst sechs Uhr an, und mit einem Mal erinnerte Anna sich, wo sie eigentlich war: auf Island, wo im Sommer die Sonne fast rund um die Uhr schien. So früh am Morgen ein solcher Krach, das würde Ärger geben!

Gusti schien Annas schlechtes Gewissen nicht zu teilen, fröhlich sprang er an ihr hoch und wedelte eifrig mit seiner buschigen Rute. „Wuff!“, machte er, das sollte wohl heißen: „Aufwachen, du Schlafmütze!“

„Ich bin ja schon wach, Gusti“, sagte Anna lächelnd und streichelte seine samtigen Ohren.

In der Ecke stand ihr großer Koffer. Schnell wühlte Anna frische Wäsche und ihren Kulturbeutel heraus und lief ins Bad. Sie hatte keinen Blick für den hübschen Schafwollteppich in ihrem Zimmer, das niedrige Bett mit dem geschnitzten Kopfteil, den wuchtigen Kleiderschrank. Nur raus, in die Sonne!

In Windeseile wusch sie sich in dem winzigen Bad mit

der schrägen Decke und zog sich an. Jeans, Sweatshirt – natürlich das mit dem Pferdekopf vorne drauf – und darüber noch eine dicke Fleecejacke. Die Schuhe nahm sie in die Hand und schlich dann mit Gusti zusammen die Treppe hinunter, darin hatte sie ja Übung.

Im Haus war es noch still, nur aus einem Nebenraum drang leises Geklapper und würziger Kaffeeduft zu Anna. Es würde sicher bald Frühstück geben.

Anna öffnete die Haustür und blieb wie angewurzelt stehen. Vor ihr breitete sich die weite Rasenfläche aus, die im Morgenlicht glitzerte und funkelte. An jedem Grashalm hing ein Wassertropfen, in dem sich die Strahlen der Sonne brachen. Die Hügel rings um den Hof, die gestern noch so düster und abweisend gewirkt hatten, lockten heute mit einer Farbenpracht, wie sie Anna niemals zuvor gesehen hatte. Dass es so viele verschiedene Grün- und Brauntöne überhaupt gab! Vom hellsten Lindgrün bis zum satten Moosgrün, vom dunkelsten Ocker bis zum leuchtenden Braungold, alle Farben schienen miteinander zu wetteifern. Und dann die Luft! Kalt war sie, der leichte Wind schien den eisigen Hauch der nahen Gletscher mitzubringen, und doch schmeckte die Luft so gut, dass Anna einen tiefen Atemzug nach dem anderen tat. Lecker!

Unversehens breitete sich ein zögerndes Lächeln über ihrem Gesicht aus. Seltsam, gestern noch hatte Island so kalt und abweisend auf sie gewirkt, und heute schien die ganze Landschaft wie verwandelt. Leise vor sich hin summend schlenderte Anna über den Rasen auf den nächsten Hügel zu, wo sich einige Sträucher im Wind bogen und viele kleine Blüten aus dem dicken Moospolster hervorlugten. Gusti begleitete sie und sah immer wieder mit einem Ausdruck zu ihr auf, als wollte er sagen: „Siehst du, hier ist es doch schön, oder nicht?“

Lachend zauste Anna ihm das wollige Fell, was Gusti mit vergnügtem Bellen quittierte. „Du hast Recht, heute sieht die Welt schon anders aus!“

Am Fuß des Hügels angekommen, stellte Anna erstaunt fest, dass die Sträucher keine Sträucher, sondern kleinwüchsige Birken waren. In ihrem Schutz gedieh ein Teppich kleiner dunkelgrüner Kräuter mit weißen Blütensternen. Ob Mama sich wohl über einen Blumenstrauß freuen würde? Anna bückte sich zu den Blüten hinunter und hatte schnell einen dicken Strauß zusammen, während sie langsam den Hügel hinaufstieg.

Oben angekommen beschloss sie umzudrehen, denn sie hatte inzwischen einen Bärenhunger. Sie trabte durch das dichte Gebüsch den Hügel wieder hinunter, doch plötzlich stolperte sie, rutschte aus – und kugelte mit Schwung mitten in eine Herde wuschelmähniger Ponys! Erschreckt aufgerissene Augen, wehende Mähnen, wirbelnde Beine und Hufe, erregtes Schnauben – Anna schnappte nach Luft und lag stocksteif da, während um sie herum die Herde auf dem Absatz kehrtmachte und in gestrecktem Galopp davonraste.

Die Ponyherde war von drei Reitern im Schritttempo von der Weide zum Hof getrieben worden, aber weil die Birken so dicht standen, hatte Anna sie nicht bemerkt.

Die Reiter – zwei junge Männer und Kristinn– bemühten sich, ihre Reitponys quer zu stellen, um die Flucht der Jungpferde zu bremsen – umsonst! Unaufhaltsam drängten die aufgeregten Ponys durch den Treibgang zurück aufs Weideland. Kristinn rief ihren Begleitern ein paar Worte zu, worauf die beiden kehrtmachten und der flüchtenden Herde gemächlich folgten.

Kristinn wendete ihren kleinen Schimmel und ritt auf Anna zu, die sich inzwischen aufgerappelt hatte und verschreckt am Fuße des Hügels stand. Gusti saß neben ihr und begrüßte seine Chefin mit einem freundlichen „Wuff!“. Er wusste sicher nicht, was Anna jetzt blühte. Ob man sie direkt nach Hause schicken würde? Aber sie war schließlich nicht absichtlich zwischen die Ponys gefallen. Und woher sollte sie wissen, dass sich diese verrückten Reitzwerge so aufregen würden?

Trotzig blickte Anna zu Kristinn auf. „Ich kann nichts dafür, ehrlich! Ich bin bloß ausgerutscht, und dann sind die einfach durchgedreht.“

Kristinn sah sie nur kurz an und blickte dann auf den Blumenstrauß, den Anna noch immer in ihrer schweißnassen Hand hielt. „Diese Blumen stehen unter Naturschutz“, meinte sie nur knapp, wendete ihr Pony, rief Gusti zu sich und folgte dann ihren beiden Helfern auf die Weide.

Anna stand da wie ein begossener Pudel. Das fing ja toll an! Wenn das Mama erfuhr! Mit hängendem Kopf schlich sie zurück ins Haus. Hunger hatte sie zwar keinen mehr, aber der Duft nach Kaffee und frischen Brötchen lockte sie ins Esszimmer, wo Mama und Wilfried schon am Tisch saßen.

„Hallo, Anna! Gut geschlafen?“, wurde sie freundlich begrüßt. „Wie wunderbar! Ein Blumenstrauß, ist der etwa für mich?“, strahlte Mama. Anna hatte völlig vergessen, dass sie immer noch den Strauß in ihrer Hand hielt. Sie nickte und verdrückte sich in die Küche, um dort eine Vase zu suchen.

Als sie mit der Blumenvase in der Hand ins Esszimmer zurückkam, saß Kristinn bereits mit am Tisch. Anna lief puterrot an. Ob Mama schon Bescheid wusste? Aber sie und Wilfried sahen nicht so aus, als hätte ihnen irgendetwas die gute Laune verdorben – ganz im Gegenteil. Still hockte Anna sich ans andere Ende des Tisches und goss sich Tee ein. Nur nicht auffallen!

Mama sah forschend zu ihr herüber: „Warum bist du so still? So kenne ich dich gar nicht! Du wirst doch nicht jetzt schon Heimweh haben?“

Kristinn schmunzelte. „Nun mach dir mal keine Sorgen, ich werde schon gut auf Anna aufpassen. Du wirst sehen, sie hat sich in null Komma nix eingelebt. Vor lauter Ponys wird sie gar keine Zeit für Heimweh haben. Ich habe ein ganz besonderes Pony für dich ausgesucht, Anna, meinen Dalur. Den kannst du reiten, sooft du möchtest! Am besten, wir machen gleich heute Nachmittag einen Ritt in die Umgebung, und ich zeige dir, wo du die nächsten drei Monate zu Hause bist, okay?“

Dalur? Hatte Kristinn eben „Dalur“ gesagt? Aber so hieß doch das Pony in Annas Traum! Anna stutzte, doch dann wurde ihr bewusst, dass Kristinn auf eine Antwort wartete. Verlegen rutschte sie auf ihrem Stuhl herum. Wie sollte sie Kristinn nur begreiflich machen, dass ihre Ponys nichts für Anna waren?

„Also, weißt du, Kristinn, eigentlich geht das nicht, das mit dem Reiten, meine ich, weil …“

Kristinn sah sie erstaunt an. „Hat mir deine Mutter nicht erzählt, du seist eine begeisterte Reiterin? Habe ich das falsch verstanden? Oder hast du dich vorhin verletzt und kannst deshalb nicht reiten?“

Oje, das wurde ja immer schlimmer, Kristinn schien ernsthaft besorgt zu sein. Wie sollte sie ihr das nur erklären? Wusste sie denn nicht, dass Anna daheim nicht auf Ponys, sondern richtig Dressur auf Warmblütern ritt? Anna holte tief Luft. „Nein, mir ist nichts passiert, wirklich. Ich glaube, das ist nur ein Missverständnis. Ich reite zwar schon seit Jahren und bin mit meinem Pflegepferd Pierot sogar ein paar Mal auf Turnieren gestartet. Aber, weißt du, ich reite Pferde, keine Ponys, und ich möchte später Bereiterin werden, und da kann ich mir nicht meinen Dressursitz …“ Ups, beinahe hätte Anna „versauen“ gesagt, aber das wäre sicher nicht so gut gekommen. Sie schluckte. „… also, es täte meinem Sitz wahrscheinlich nicht gut, wenn ich auf Ponys und nur so ins Gelände reite. Sagt mein Reitlehrer. Und der reitet sogar S-Dressur! Also, vielen Dank, Kristinn, aber lieber nicht.“ So, nun war es heraus.

Kristinn blickte sie prüfend an. Sie konnte ziemlich streng aussehen, trotz Sommersprossen und wild gelocktem Haar. „Na, wenn deine reiterliche Karriere darunter leidet, reitest du hier besser nicht, da hast du Recht. Einen Warmblüter kann ich dir leider nicht bieten, auf Island gibt es nur Islandponys. Schade, du und Dalur wärt sicher ein gutes Team gewesen!"

Und schon wendete sie sich wieder Mama und Wilfried zu.

Anna schluckte. Mist, heute ging wirklich alles schief! Ob Kristinn jetzt eingeschnappt war? Ein wenig beleidigt rückte sie ihren Stuhl zurück, brummte ein „Tschüss, bis später!" und verzog sich auf ihr Zimmer. Ihre Tür knallte sie ein wenig fester zu, als es nötig gewesen wäre, aber die da unten sollten ruhig merken, dass ihr die Laune gründlich verdorben worden war.

Was für ein Morgen! Erst regten sich diese Ponys total auf, dann wurde sie wegen ein paar Blumen angemotzt, und schließlich spielte Kristinn die beleidigte Leberwurst, weil sie mit ihren Kinderponys bei Anna nicht landen konnte.

Anna seufzte. Das würden die längsten drei Monate aller Zeiten werden, das stand mal fest! Aber ein Gedanke ließ sie nicht los: Wie hatte sich bloß der Name Dalur in ihre Träume geschlichen? Anna war ganz sicher, nie zuvor von einem Pony dieses Namens gehört zu haben. Wieso rief sie dann im Traum immer nach ihm? Fast ein bisschen unheimlich war das. Besser, sie dachte nicht mehr daran. Sie hatte genug Probleme am Hals, es fehlte gerade noch, dass sie anfing zu spinnen!

Anna findet einen Freund

Anna stand am Fenster und blickte trübsinnig nach draußen. Von unten drang leises Stimmengewirr zu ihr hinauf, ab und zu unterbrochen von einem fröhlichen Lachen. Mama, Wilfried und Kristinn schienen sich ja prima zu verstehen! Eigentlich wünschte Anna sich sehnlichst zurück nach Hause, aber ihr Daheim gab es ja nicht mehr. Das Haus stand leer, ihr vertrautes Zimmer war ausgeräumt und kahl, selbst ihr nervender Bruder Olli war inzwischen längst in seinem Computercamp. Anna seufzte. Zurück konnte sie nicht, aber hier bleiben?

Sie gab sich einen Ruck. So schnell würde sie sich nicht unterkriegen lassen! Immerhin hatte sie beschlossen, das Beste aus ihrer Verbannung zu machen, und dann sollte sie gleich am ersten Tag kneifen? Kam nicht infrage! Sie hatte jede Menge Bücher, sie hatte Franzis und Alex´ Mappe, sie konnte spazieren gehen, Fernsehen schauen, sie würde sich schon beschäftigen.

Leise klopfte es an ihre Türe. Mama kam herein und blickte ihr forschend ins Gesicht. „Sag mal, Spatzli, was ist eigentlich los? Hast du schon Heimweh? Oder vermisst du deinen Pierot? Ich habe Kristinn erzählt, wie sehr du an ihm hängst, sie kann dich gut verstehen.“

Anna kämpfte mit den Tränen. „Ach, Mama, ich weiß auch nicht, was los ist. Es ist ja gar nicht mal so schlecht hier, bloß, heute geht irgendwie alles schief."

Annas Mutter setzte sich aufs Bett und klopfte auf die Bettdecke. „Komm, setz dich zu mir, wir müssen reden."

Anna nahm mit bedrücktem Gesicht neben ihr Platz.

„Nun schau nicht so traurig, Spatzli, du wirst sehen, es wird dir hier schon bald gut gefallen." Spatzli wurde Anna nur noch selten genannt, eigentlich war sie ja schon zu alt für einen Kosenamen. Mama legte einen Arm um ihre Schultern und zog sie an sich. Anna schluckte. Mit einem Mal war ihre Wut wie weggeblasen, zurück blieb das dumpfe Gefühl, dass sie vielleicht mit Schuld hatte an dem missratenen Morgen.

Mama drückte sie kurz. „Wilfried und ich müssen jetzt fahren. Ich lasse dich nur ungern so traurig zurück, aber ich bin mir sicher, du kommst zurecht. Ich weiß zwar nicht genau, warum dir dein Anfang hier so verkorkst vorkommt, aber vielleicht kannst du selbst dazu beitragen, dass es nicht so weitergeht. Schade ist bloß, dass du dir aus Kristinns Ponys so gar nichts machst."

Sie hob abwehrend die Hand, als Anna sie unterbrechen wollte. „Da werde ich dir nicht reinreden, das ist deine Entscheidung. Du könntest dir die Reiterei hier zwar erst mal ansehen, bevor du sie ablehnst, aber das musst du selbst wissen. So, Ende der Predigt, ich möchte dich zum Abschied nicht mit Vorwürfen oder guten Ratschlägen zutexten. Pass gut auf dich auf, und wenn was ist, ruf an. Du hast ja dein Handy dabei, oder?"

Anna nickte. Mama gab ihr einen herzhaften Schmatz auf die Wange. „Alles okay, Spatzli?“

Anna zuckte mit den Schultern. „Geht so, aber ich komme schon klar. Mach dir keinen Kopf!“

Ob sie doch zu voreilig gewesen war und die Ponys ruhig mal hätte ausprobieren sollen? Vielleicht hätte sie dann erfahren, was es mit dem Pony namens Dalur auf sich hatte, das sich so frech in ihre Träume drängte. Offensichtlich gab es dieses Pony ja wirklich! Mama drückte sie erneut an sich. „Mach ich nicht, Spatzli. Und jetzt gehen wir zwei nach unten, höchste Zeit, dass wir nach Reykjavik abdüsen!“

Der Abschied fiel Anna unerwartet schwer. Immer wieder drückte ihre Mutter sie fest an sich, und Anna wäre am liebsten mit ihnen weggefahren.

Wilfried stand etwas verlegen daneben, bis Anna sich einen Ruck gab und ihn freundschaftlich knuffte. „Viel Spaß beim Steineklopfen, du Geologe!“

Wilfried strahlte übers ganze Gesicht. „Einsteigen, bitte! Der Iceland-Express nach Reykjavik fährt in zwei Minuten ab!“, alberte er, und dann ging alles sehr schnell. Die Autotüren schlugen zu, Mama winkte aus dem Fenster, Wilfried drückte einmal auf die Hupe, und dann verschwand der Wagen in einer Staubwolke.

Anna blieb allein zurück.

„Wuff!“, machte es. Gusti stand vor ihr und wedelte sie fragend an.

„Alles okay, Gusti, ich bin nicht traurig. Ich werde das schon schaffen!“

„Wuffwuff!", bellte Gusti wie zur Bestätigung.

Entschlossen wandte Anna sich um und sah Kristinn, die hinter ihr stand, in die Augen. „Ich habe Mist gebaut heute Morgen, Kristinn. Ich hätte besser aufpassen müssen. Es tut mir Leid, wenn ich dir Ärger gemacht habe. Und ich wollte dich natürlich nicht verletzen, du weißt schon, wegen dem Reiten, bloß ..."

Kristinn winkte ab. „Entschuldigung angenommen. Schon vergessen. Und die Sache mit dem Reiten: Im Prinzip hast du Recht. Wenn man von einer Reitweise auf eine andere umsteigt, kann das schon ganz schön verwirren. Allerdings dürfte dir das keine Probleme bereiten, da du ja eine solide Grundlage hast. Aber das musst du selbst entscheiden. Und jetzt wird erst mal richtig gefrühstückt! Du hast ja vorhin nur ein paar Happen gegessen. Ich mach dir Rühreier mit Speck, magst du?"

Das ließ Anna sich nicht zweimal sagen. Das beste Mittel gegen Kummer jeder Art war immer noch ein leckeres Essen! Und während sie bei Kristinn in der gemütlichen Küche saß und dem Speck beim Brutzeln zusah, löste sich ganz allmählich ein dicker Kloß in ihrem Hals. Die isländische Sonne blinzelte durch die Küchenfenster herein, und fast schien es, als würde sie einen Weg direkt in Annas Herz suchen.

Nach ihrem verspäteten Frühstück bummelte Anna über den Hof. „Fühl dich hier ganz wie zu Hause, Anna", hatte Kristinn ihr noch mit auf den Weg gegeben, bevor sie mit ihren beiden Helfern vom Hof geritten war. „Jede Tür, jedes Tor steht dir offen.“ Und Kristinn hatte sie mit einem Blick angeschaut, der ganz deutlich sagte: Ich weiß, dass du nicht mehr so gedankenlos wie heute Morgen handelst.

Anna hatte einfach „Danke!“ gesagt, und Kristinn hatte ihr zugezwinkert. Dann war sie mit Stimmi und Siggi, ihren beiden isländischen Bereitern, davongeritten.

Anna schlenderte zu den Nebengebäuden des Hofes hinüber. Aus einer der beiden Scheunen hatte sie heute Morgen ein paar Mal lautes Wiehern gehört, da war sie neugierig geworden. Leise öffnete sie das große Holztor und blickte überrascht in eine hohe, lichtdurchflutete Scheune. Viele Ponyaugen sahen sie erstaunt an. Einige Ponys standen direkt an einem Holzgatter, das den breiten Gang entlang der Längsseite vom eigentlichen Stall abtrennte. Im Gang war in einer langen Reihe Heu verteilt, das die Ponys durch breite Öffnungen in dem Holzgatter fraßen. Im dick eingestreuten Bereich hinter dem Fressgatter schliefen einige Ponys entspannt auf der Seite, während andere im Auslauf hinter der Scheune offensichtlich miteinander stritten. Eine Gruppe von Streithähnen rannte wild umher, bockte und stieg, fand sich zu Paaren, die einander umkreisten und in die Kruppe bissen, sich wieder voneinander lösten und davongaloppierten. Oder war dies kein Kampf, sondern ein Spiel? Je länger Anna den Raufbolden zusah, desto mehr schien es ihr, als würden sich alle an bestimmte Spielregeln halten. Die Art, wie sie einander gleichzeitig anstiegen und sich dann auf die Vorderbeine fallen ließen, wie sie sich umkreisten, sich gegenseitig in den Mähnenkamm bissen und dann im wilden Galopp verfolgten, das alles hatte etwas von einem Tanz mit strengen Regeln.

Unwillkürlich lachte Anna hell auf. Nein, hier wurde nicht ernsthaft gekämpft, da war sie sich sicher. Mit gespitzten Ohren, weit geöffneten Augen, aufgestellten Schweifen und hüpfenden, bockenden Sprüngen zeigten die Ponys ganz deutlich: Wir haben Spaß!

Mit einem Mal hielt die ganze Bande inne. Annas Lachen hatte sie darauf aufmerksam gemacht, dass hier ein Mensch in den Stall gekommen war. Und wo Menschen waren, waren meist auch Heugabeln und Futtereimer nicht weit! So drängten sich plötzlich an die zwanzig neugierige Ponys dicht vor Anna an das Fressgatter.

Der wurde es ein wenig mulmig zu Mute, und sie war froh, die stabilen Holzbohlen zwischen sich und den Vierbeinern zu wissen. Wenn die wieder so aufdrehten wie gerade, oder, schlimmer noch, sich so erschreckten wie die Jungpferde heute Morgen, und Anna stand dazwischen, dann Gute Nacht!

Erwartungsvoll schauten die Ponys Anna an, und Anna betrachtete die Ponys. Aus der Nähe wirkten sie gar nicht mehr so winzig, im Gegenteil. Zwar waren sie sicherlich ein ganzes Stück kleiner als die Warmblüter, die Anna gewohnt war, aber wie sie da hoch aufgerichtet vor ihr standen und sie forschend anschauten, schienen sie durch Ausstrahlung und Energie das wettzumachen, was ihnen an Stockmaß fehlen mochte. Anna hatte das Gefühl, von sehr gewitzten und vergnügten Pferden genau unter die Lupe genommen zu werden. Wie hatte Alex das ausgedrückt? „Viel Pferd in kleiner Verpackung“ – jetzt verstand Anna, wie das gemeint war.

„Wisst ihr was, ihr Zwerge? Ob ihr es glaubt oder nicht, ich habe noch nie vorher Pferde miteinander spielen sehen“, erklärte Anna den Ponys mit nachdenklicher Miene. „Um ehrlich zu sein, ich wusste überhaupt nicht, dass Pferde auch spielen. Es sah so aus, als hättet ihr eine Menge Spaß gehabt!“ Ein paar Wallache nickten mit den Köpfen und stießen schnaubend die Luft aus, als wollten sie Anna zustimmen. So wild und gefährlich sie eben noch getan hatten, jetzt drängten sie sich einträchtig vor dem Fressgatter und ließen Anna nicht aus den Augen.

Anna pfiff leise. Pierot kannte diesen Pfiff, mit dem sie ihn schon von weitem begrüßt hatte. Er hatte dann immer mit einem schrillen Wiehern geantwortet, aber hier wieherte natürlich niemand zurück. Doch gerade als Anna sich umdrehen wollte, um den Stall wieder zu verlassen, sah sie mitten in dem Gewirr aus wilden Mähnen und buschigen Schöpfen zwei rabenschwarze Ohren steil nach oben ragen. Sie lächelte und pfiff erneut. Tatsächlich: Eines der Ponys schien gespannt auf ihren Pfiff zu hören. Und während sie noch abwartend dastand, bahnte sich ein kohlrabenschwarzer, langmähniger kleiner Kerl mit entschlossener Miene seinen Weg durch die dicht gedrängten Kollegen und baute sich direkt vor Anna auf, als wollte er sagen: „Und, was ist? Du hast nach mir gepfiffen?“

Unwillkürlich musste Anna lächeln, obwohl sie die Erinnerung an Pierot traurig gestimmt hatte. „Ich muss dich enttäuschen, Kleiner, du warst eigentlich nicht gemeint!“, sagte sie zu dem schwarzen Wallach, der sie aufmerksam ansah. Er trat noch einen Schritt näher, schob Kopf und Hals durch das Fressgatter und schnoberte zurückhaltend an ihrer Fleecejacke herum. Ganz vorsichtig ordnete Anna ihm den langen Schopf, der bis über seine Nüstern reichte. Unter der wilden Haarpracht kamen die größten, dunkelsten und schönsten Pferdeaugen zum Vorschein, die Anna je gesehen hatte. Neugierig und freundlich schauten sie Anna an. Doch als sie dem schwarzen Pony über die Nase streicheln wollte, wich es aus und trat einen Schritt zurück.

„Hm, das magst du nicht, was? Wir kennen uns ja auch noch nicht besonders gut, obwohl – irgendwie kommst du mir bekannt vor. Hier, riech mal, das bin ich“, redete Anna leise auf ihn ein und hielt ihm ihre Hand hin. Der langmähnige Rappe reckte seinen Hals und schnupperte vorsichtig über ihren Handrücken, ohne ihn zu berühren. Was für ein netter kleiner Kerl! Mit seinem nachtschwarzen Fell, der langen Mähne und dem fein gezeichneten Gesicht wirkte er edel und temperamentvoll, eigentlich überhaupt nicht wie ein Pony.

Aber Anna kannte sowieso nicht so viele Ponys, zumindest nicht persönlich. Da war Sputnik, das Deutsche Reitpony von Leandra, der Shettywallach Billy, der der kleinen Tochter des Reitlehrers gehörte, und das Norwegerpony Lars, der seinen Dienst als Schulpferd tat. Sputnik sah aus wie ein Vollblüter, aus dem jemand die Luft herausgelassen hatte – das jedenfalls war Alex´ Beschreibung, die Leandra allerdings nicht gerne hörte. Billy und Lars sahen dagegen aus wie richtige Ponys, sie hatten dichte lange Mähnen, freche Knopfaugen, kleine Ohren und vor allem ein sehr stabiles Fundament.

Der kleine Rappe jedenfalls sah den beiden überhaupt nicht ähnlich, vielleicht war er gar kein Islandpony? Doch halt, was hatte in Franzis und Alex´ schlauer Mappe gestanden? Auf Island gibt es nur Islandponys, weil keine Pferde aus anderen Ländern auf die Insel importiert werden dürfen. Trotzdem, das musste sie Kristinn fragen, der kleine Rappe hatte sie neugierig gemacht. Wieso kam er ihr nur so bekannt vor?

„Tschüss, du Zwerg, geh ruhig wieder spielen!“, rief Anna ihm zum Abschied zu, und als hätte er sie verstanden, kniff das schwarze Pony den neben ihm stehenden Fuchs aufmunternd in den Mähnenkamm. Der quietschte empört, und schon war wieder die schönste Rauferei im Gange. Anna zog lachend das Holztor hinter sich zu und ging zurück zum Haupthaus. Ihr Magen knurrte schon wieder, ob es nicht bald Mittagessen gab?

Fast wie im Wilden Westen

Schon als Anna in der Diele stand, schnüffelte sie genüsslich. Lecker, wie das duftete! Schnell flitzte sie die Treppe hoch in ihr Zimmer, um sich Hausschuhe anzuziehen und die Hände zu waschen. Und dann nichts wie in die Küche, Topfgucken!

Dort hatte Thordis, Kristinns rundliche, fröhliche Haushälterin, inzwischen gekocht. Der Tisch im Esszimmer war schon gedeckt, und ringsherum hatten die Hofbewohner Platz genommen. Anna half Thordis, die restlichen Schüsseln und Pfannen auf den Tisch zu bringen. Die lange Holztafel bog sich förmlich unter all den guten Sachen, doch Anna betrachtete den Inhalt der Töpfe ein wenig misstrauisch. Das Essen sah zwar nicht viel anders aus als daheim, aber trotzdem traute sie sich nicht zuzugreifen. In Franzis und Alex' Mappe hatte sie nämlich absonderliche Dinge über typisch isländische Gerichte gelesen: gammeliges Haifischfleisch, gesülzter Schafskopf, geräucherter Papageientaucher – Igitt!

Kristinn schien Gedanken lesen zu können. „Nimm dir ruhig, Anna, es gibt bei uns zwar jede Menge Schaffleisch, aber ansonsten das gleiche Essen wie bei dir daheim." Das ließ Anna sich nicht zweimal sagen!

Beim Mittagessen kamen alle Hofbewohner zusammen. Außer Anna und Kristinn saßen Siggi, Stimmi und Thordis, deren kleine Tochter Hafdis und ihr Mann Andri mit am Tisch. „Andri kümmert sich bei uns um die Landwirtschaft, Thordis bekocht uns alle und hält das Haus in Ordnung. Siggi und Stimmi sind meine Bereiter. Aber sie reiten nicht nur, wie man meinen könnte. Du wirst noch sehen, Anna, das Einreiten oder Ausbilden von Pferden ist nur ein kleiner Teil der Arbeit auf unserem Gestüt“, erklärte Kristinn.

Anna hätte ihr gerne Löcher in den Bauch gefragt. Vor allem wollte sie mehr über den kleinen Rappen mit den wunderschönen Augen erfahren, der ihr nicht aus dem Kopf ging, doch Kristinn vertröstete sie auf den Abend. Mittags sei keine Zeit zum Plaudern, denn ihre Mitarbeiter warteten auf Anweisungen für den Nachmittag oder berichteten, was am Vormittag alles erledigt worden war.

So konnte Anna sich zumindest ungestört auf das leckere Essen konzentrieren. „Ich hab so einen Hunger, ich könnte ein Schwein reißen“, erklärte sie Kristinn feierlich, häufte eine Riesenportion auf ihren Teller und widmete sich dann ganz ihrem Essen, von der kleinen Hafdis mit großen Augen bestaunt.

Noch während alle an ihrem Nachtisch löffelten, wurde es draußen plötzlich dunkel, und mit einem Mal peitschte Regen an die Fenster. Anna blickte erstaunt auf: Wo war die Sonne geblieben? Blauschwarze Wolken hatten den Himmel überzogen, und ein stürmischer Wind fegte wahre Sturzbäche übers Land.

„Na, dann lasst uns mal weitermachen! Anna, hast du Lust uns zu helfen?“, fragte Kristinn in diesem Moment. „Siggi und Stimmi haben die Junghengste wieder von der Weide getrieben, sie stehen jetzt im Paddock und warten darauf, entwurmt zu werden. Das kennst du sicherlich, das macht ihr mit euren Pferden doch bestimmt auch, oder? Dann könntest du heute Mittag mal Entwurmen auf Isländisch erleben. Du kannst zusehen oder mit anpacken, wie du magst.“

„Bei dem Wetter?“ Anna konnte nicht glauben, dass Kristinn in einem solchen Unwetter draußen arbeiten wollte.

Doch die lachte bloß. „Für uns geht die Arbeit weiter. Weißt du: Das Wetter kümmert sich nicht um mich, also kümmere ich mich auch nicht um das Wetter!“ Sie stand mit einem breiten Grinsen auf.

Da konnte Anna natürlich nicht zurückstehen. „Klar mache ich mit, wenn du notfalls eine Schwimmweste für mich hast …“

Kristinn lachte und übersetzte für die anderen Annas coolen Spruch, worauf die ganze Tischrunde grinste und Andri ihr anerkennend auf den Rücken klopfte.

Doch so plötzlich, wie es gekommen war, so schnell verschwand das Unwetter auch wieder. Schon hatten sich die dunklen Wolken verzogen, und die Sonne strahlte wieder vom Himmel. Anna musste an die Warnung in ihrer Island-Mappe denken: Sei beim Wetter immer und überall auf alles gefasst. Inzwischen wusste sie, wie das gemeint war!

Schnell schlüpfte sie in ihre Schuhe, zog den Fleecepulli über und folgte Kristinn und den beiden Männern zum Paddock.

Anna hatte ihren Pierot immer selbst entwurmt und auch bei anderen Pferden oft geholfen. Sicher, unter den Vierbeinern gab es ein paar Spezialisten, die das unangenehm fanden und herumzappelten. Aber mit viel Geduld und ein paar Tricks kam man auch dem ungnädigsten Ross bei, da würde Anna bei den jungen Ponys wohl keine Probleme haben. Das glaubte sie jedenfalls.

„Junghengste entwurmen", das hörte sich harmlos an, doch als Anna die aufgeregt durcheinander wuselnden Ponys im Paddock betrachtete, wurde ihr doch etwas mulmig. Die jungen Hengste dachten nämlich überhaupt nicht daran, sich wie kleine artige Kinderponys zu benehmen – Pustekuchen! Die ganze Rasselbande tobte, spielte und raufte wie eine Herde Wildpferde im Paddock herum. Anna konnte sich nicht vorstellen, wie man in diesem Durcheinander einzelne Pferde aufhalftern, hinausführen und entwurmen sollte. Bei der Vorstellung, dass ihr vielleicht diese Aufgabe zugedacht war, wurde ihr flau im Magen. Sie atmete tief durch. Es konnte ja wohl nicht sein, dass sie sich vor so ein paar Ponys fürchtete!

Aber Kristinn hatte weder Halfter noch Wurmpasten dabei, sondern baute nun mit ein paar Handgriffen ein Gerät zusammen, das wie eine große Spritzpistole aussah. Unten wurde der Kanister mit dem Wurmmittel angeschraubt, das dann über ein bewegliches Röhrchen dem Pony dosiert ins Maul gespritzt wurde. Siggi und Stimmi errichteten bereits einen Gang aus Rohrpaneelen, der durch eine Tür mit dem Paddock verbunden war. Dieser Treibgang endete in einer schmalen Box, die hinten und vorne geschlossen werden konnte. Die vordere Tür gab den Weg in einen zweiten leeren Paddock frei.

„Komm mit, Anna, ich zeige dir, wie wir den jungen Herren beikommen werden!“, meinte Kristinn und führte Anna zum Paddock, wo die Herde sofort scheu vom Zaun zurückwich. „Unsere jungen Pferde wachsen draußen, auf riesigen Weiden, in der Herde auf, so frei und wild, wie du es vermutlich nicht kennst“, erklärte sie. „Deshalb sind sie auch nicht so zahm, wie du es gewöhnt bist.“

Anna wunderte sich. „Ist es nicht schlimm für deine Ponys, wenn sie sich vor uns Menschen fürchten müssen?“

Doch Kristinn beruhigte sie. „Meine Jungs haben keine Angst, da brauchst du dir keine Gedanken zu machen. Vorsichtig sind sie, und respektvoll, und das ist gut so.“ Sie wies auf die schmale Box. „Das ist unser Zwangsstand“, erklärte sie weiter, „hört sich nicht schön an, aber keine Angst, den Ponys passiert hier nichts. Durch den Treibgang und diese Box können wir alle Pferde einzeln abtrennen und entwurmen, behandeln oder ihnen die Hufe raspeln, ohne sie aufhalftern und anbinden zu müssen. So haben sie und wir viel weniger Stress.“

Anna nickte. Eine praktische Sache und sicher viel einfacher, als in dem Durcheinander jedes Pony einzeln fangen und aufhalftern zu müssen.

Kristinn erklärte Anna, sie solle auf Zuruf durch einen Hebel die vordere Tür öffnen, gab noch ein paar kurze Anweisungen an die beiden Helfer Stimmi und Siggi und wies Gusti mit einem energischen „Platz!“ an, sich vor den Paddock zu legen. Dann konnte es losgehen.

Stimmi kletterte in den Paddock, wo die Herde sofort aufgeregt davonstob. Er begann ganz leise zu pfeifen, immer zwei Töne. Wie hypnotisiert beruhigten sich die Ponys sofort und betrachteten ihn aufmerksam, die Köpfe hoch erhoben und die Ohren steil nach vorne gestellt. Ganz langsam und ruhig ging Stimmi auf die still stehenden Junghengste zu, die ebenso bedächtig vor ihm zurückwichen. Siggi öffnete die Tür, die den Zugang zum Treibgang freimachte. Mit ausgebreiteten Armen teilte Stimmi blitzschnell einen fuchsfarbenen Junghengst von der Herde ab und trieb ihn energisch auf den Gang zu. Zögernd wich der kleine Hengst zurück, schlug mal nach links, mal nach rechts Haken und versuchte sich der Herde wieder anzuschließen – ohne Erfolg. Jeden seiner Schritte schien Stimmi vorauszuahnen, jeden Richtungswechsel blockierte er, ohne das Pony zu berühren. Ruhig, aber energisch trieb er es so durch den Gang in die enge Box. Hinter den beiden hatte Siggi sofort das Tor zum Paddock verschlossen, und als der junge Hengst in der Box war, wurde auch diese Tür versperrt.

Anna war richtig aufgeregt. Sie kam sich vor wie im Wilden Westen. So ungefähr musste es zugegangen sein, wenn wettergegerbte Cowboys wilde Mustangs eingefangen und gezähmt hatten!

Kristinn beugte sich vor, ergriff den Kopf des Junghengstes und spritzte ihm eine Portion Wurmpaste ins Maul. Aufgeregt stieg der junge Hengst, doch Kristinn war schon wieder zurückgesprungen, rief Anna ein „Jetzt!" zu und lachte, als der Fuchs mit einem Satz in den zweiten Paddock hüpfte und dort seiner Aufregung mit ein paar Bocksprüngen Luft machte. Er krümmte den Hals und schüttelte den Kopf, als wollte er fragen: „Was war das denn?"

Schon hatte Stimmi den nächsten Hengst abgetrennt und in den Gang getrieben, diesmal ein Jungpferd mit einer ganz eigenartigen Bronzefarbe. „Das ist ein windfarbener Sohn des großen Orri fra Thufu!", rief Kristinn Anna zu, während sie auch diesem Pferd seine Dosis Wurmpaste eingab.

Nun ging es Schlag auf Schlag. Einer nach dem anderen wurden die jungen Hengste in den Stand getrieben, entwurmt und in den zweiten Paddock entlassen, der sich langsam zu füllen begann. Immer wieder rief Kristinn Anna Informationen zu ihren Pferden zu, die Anna allerdings meist nicht richtig verstand: Was war „windfarben" für eine Farbe? Wer war dieser Orri? Wer war die berühmte Stute Raudhetta? Was war ein Klopphengst? Was bedeutete der Ausdruck „Fünfgänger"? Oder „Rennpasser"?

Anna schwirrte der Kopf, während sie im aufwirbelnden Staub stand, auf Zuruf den Hebel betätigte und Kristinn die Spritzpistole mit dem Wurmmittel anreichte. Für jedes Pferd hatte Kristinn ein freundliches Wort, jedes entließ sie mit einem aufmunternden Klaps auf die Kruppe. Die Sonne stand schon tief am Himmel, als endlich der letzte Hengst zurück zu seinen Kumpels durfte.

Anna wischte sich über ihr verschwitztes Gesicht. Es war richtig warm geworden hier im Tal, der Wind hatte sich gelegt, nur ein leises Lüftchen bewegte die Blätter der Sträucher, als sie mit Kristinn zurück ins Haus ging. Und obwohl Anna beinahe platzte vor lauter Fragen an Kristinn, kam sie an diesem Tag und auch am nächsten nicht dazu, sie zu stellen. Es gab so viel zu sehen, zu bestaunen und zu helfen.

Nach den Junghengsten waren die Jungstuten mit dem Entwurmen dran, und dann die Jährlinge, die besonders viel Geduld verlangten. Anna war immer mit dabei und machte sich nützlich, wo sie konnte. Reiten, nein, reiten wollte sie die Islandponys nicht, aber nach und nach wurde sie immer vertrauter mit diesen großen kleinen Pferden. Jeden Abend war Anna so todmüde, dass sie meist schon um neun ins Bett sank und wie ein Stein schlief. Doch jede Nacht geisterte ein Pferd durch ihre Träume, ein schwarzes Pony mit langer Mähne und dunklen Augen; jede Nacht rief sie nach ihm, nach Dalur, dem Traumpferd, das sie nicht losließ. Aber jede Nacht blieb ihr Rufen vergebens.

Alles anders, alles neu

„Heute bringen wir die Wallache raus auf die obere Weide!“, verkündete Kristinn am Morgen von Annas viertem Tag auf Högniholt. „In den nächsten Wochen werden wir einen ganzen Schwung Jungpferde anreiten, da brauchen wir die älteren Reitpferde nicht hier auf dem Hof.“ Sie sah Anna forschend an. Anna fühlte, wie ihr die Röte ins Gesicht stieg. Sie wusste, was dieser Blick sie fragen wollte: Möchtest du es dir nicht doch überlegen und Dalur reiten? Anna war sich sicher, dass Kristinn Dalur oder auch ein anderes Pony extra für sie am Hof lassen würde, damit sie es reiten konnte. Aber etwas in ihr sträubte sich, darum zu bitten. War es Trotz? Wollte sie nur aus Sturheit bei ihrem einmal eingeschlagenen Weg bleiben?

Dass sie sich ihren Sitz nicht versauen würde, nur weil sie Kristinns Islandponys ritt, sah Anna inzwischen selbst ein. Oft genug hatte sie Kristinn, Siggi und Stimmi beim Reiten beobachtet, und was sie da sah, beeindruckte sie insgeheim. Dachte man sich die kleinen Ponys weg und Warmblüter an ihre Stelle, hätten alle drei auf jedem Turnierplatz eine gute Figur gemacht. Was Anna besonders faszinierte, war die Leichtigkeit, mit der vor allem Kristinn ihre Ponys ritt. Alles sah bei ihr so einfach, so spielerisch aus. So genau Anna auch hinschaute, nie sah sie Kristinn ruppig werden, sie gab alle Hilfen so feinfühlig, dass sie unsichtbar blieben.

Trotzdem machte die Reiterei auf Anna einen fremdartigen Eindruck. Das lag wohl auch daran, dass Kristinns Ponys nicht nur die Grundgangarten Schritt, Trab und Galopp gingen, sondern auch Tölt und teilweise Rennpass. Anna musste oft an Sleipnir, das sechsbeinige Pferd der Götter, denken, wenn sie Kristinn mit einem ihrer Reitpferde sah, denn beim Treiben der Herden über unwegsames Gelände schaltete Kristinn, wie sie sagte, „den Vierradantrieb ein". Welche Gangart damit gemeint war, konnte Anna nicht erkennen, und sie traute sich nicht, Kristinn zu fragen. Seit dem ersten Tag machte Anna um jedes Thema, das irgendwie mit Reiten zu tun hatte, einen weiten Bogen. Ein paar Mal war sie kurz davor gewesen, Kristinn von ihrer Begegnung mit der schwarzen, langmähnigen Schönheit im Stall oder von ihren Träumen von Dalur zu erzählen, doch immer wieder hatte sie sich im letzten Moment auf die Zunge gebissen und geschwiegen.

So ließ sie auch diese Gelegenheit ungenutzt verstreichen und senkte nur den Kopf, bis Kristinn sich zu Siggi und Stimmi umwandte und ihnen auf Isländisch ihre Anweisungen gab. Unauffällig verdrückte Anna sich danach auf den Hof und schlenderte hinüber zum Stall. Seit ihrem ersten Tag war sie nicht mehr hier gewesen, obwohl sie oft an den kleinen freundlichen Rappen denken musste. Wenigstens verabschieden wollte sie sich von ihm, wenn er heute auf die Weide ging! Auch Kristinns Dalur musste in dieser Herde stehen. Ob sie Kristinn nicht doch bitten sollte, ihn ihr wenigstens zu zeigen?

Wie vor ein paar Tagen zog sie das Holztor auf und stand im Futtergang. Heute war die ganze Herde draußen im Auslauf und nahm ein Sonnenbad. Mit hängenden Köpfen standen die Wallache quer zur Sonne und genossen ihre wärmenden Strahlen. Anna konnte in der dicht gedrängten Herde „ihren" Rappen nicht erkennen. Ob sie es noch einmal mit ihrem Pfiff probieren sollte?

Sie spitzte die Lippen und pfiff leise. Mit einem Ruck reckte mitten im Gedränge jemand mit schwarzen Ohren den Kopf. Ein zweiter Pfiff, und schon schob sich der Rappe energisch rückwärts aus der Gruppe. Anna lachte, als der kleine Kerl ganz selbstverständlich mit eiligen Tritten auf sie zugetrabt kam und sie wieder mit seinen Knopfaugen fragend ansah.

„Na, wie geht es dir, du Westentaschen-Pony?", fragte Anna. Sie hielt ihm beide Hände flach ausgestreckt entgegen. Zögernd reckte der Rappe den Hals und legte ihr kurz seine Nase in die hohle Hand, wobei er tief Luft holte. Dann trat er wieder einen Schritt zurück und blickte sie mit erhobenem Kopf an. „Ich kenn dich doch schon!", schien er zu sagen, und „Wieso hast du gerufen? Was willst du von mir?"

Anna zuckte seufzend mit den Schultern. „Ich weiß es selbst nicht", murmelte sie.

Schon waren draußen die Stimmen von Kristinn und ihren Bereitern zu hören. Als würde sie bei etwas Verbotenem ertappt, trat Anna erschrocken einen Schritt zurück, als Kristinn die Stalltür aufzog. Schuldbewusst blickte sie zu Boden.

„Na, Anna, du wirst doch nicht etwa deinen Vorsätzen untreu?“, foppte Kristinn sie. Anna sah sie fragend an.

„Der kleine Rappe, mit dem du dich gerade so nett unterhältst, das ist Dalur, hast du das nicht gewusst?“, erwiderte Kristinn.

Wortlos schüttelte Anna den Kopf. Das war ja wirklich unheimlich! Unter all den vielen Ponys hatte ausgerechnet Dalur auf ihren Pfiff reagiert, und dazu kam, dass der kleine Rappe ihrem Traum-Dalur verdammt ähnlich sah! Ob sie Kristinn nicht doch endlich davon erzählen sollte?

Doch Kristinn war schon weitergegangen, zur Sattelkammer. Mit drei Halftern und Putzzeug kam sie zurück. „Magst du uns helfen? Du könntest unsere drei, die wir zum Treiben brauchen, schon mal putzen, in der Zwischenzeit fahre ich noch schnell auf die Weide und kontrolliere die Zäune. Okay?“

Anna nickte. Putzen war ja nicht dasselbe wie Reiten, und schließlich wollte sie sich gerne nützlich machen. Kristinn zeigte ihr die drei Wallache, die geputzt und gesattelt werden mussten, und ließ sie dann allein.

Auweia, damit hatte Anna nicht gerechnet, dass sie die drei fremden Ponys alleine aus der Herde fangen sollte! Kristinn dachte sich offensichtlich nichts dabei, aber Anna fand es reichlich gewagt. Sie hatte sie ja schon gesehen, wie wild die werden konnten!

Anna lugte aus der Stalltür, doch Kristinn fuhr bereits mit dem Geländewagen vom Hof. Siggi und Stimmi waren auch nirgends zu sehen. So ein Mist! Jetzt konnte sie sehen, wie sie aus dem Schlamassel wieder herauskam, denn einfach kneifen kam nicht in Frage. Nein, wenn Kristinn zurückkam, sollten die drei Wallache sauber geputzt dastehen, das war Ehrensache.

Anna gab sich einen Ruck und kletterte durch das Fressgatter in den Offenstall. Der kleine Rappe hatte sich wieder zu seinen Kollegen gesellt und stand nun am Rande der Gruppe mit hängendem Kopf und halb geschlossenen Augen in der Sonne und döste. Neben ihm sah Anna den Fuchs mit der auffälligen Schnurblesse, den Kristinn ihr als eines der drei Reitpferde gezeigt hatte. Snotri hieß er, wenn Anna richtig gehört hatte – komischer Name. Ob der irgendeine Bedeutung hatte?

Anna ging langsam auf ihn zu und sprach ihn an. „Na, Snotri, lässt du dich von mir fangen? Ganz ruhig, so ist es fein!“ Und tatsächlich, Snotri blieb brav stehen, als Anna ihn geschickt aufhalfterte. Die anderen Ponys schenkten Anna keine Beachtung, nur Dalur hatte wieder seine schwarzen Ohren gespitzt und sie aufmerksam angesehen, als er ihre Stimme hörte.

„Gut gemacht, Snotri, dann komm mal mit!“, forderte Anna den Fuchs auf und sah ihn an. Doch Snotri rührte sich nicht von der Stelle. „Nun mach schon, Snotri, komm mit!“ Anna zog am Führstrick, doch Snotri bewegte sich nicht. Jetzt wurde Anna ungeduldig – bei dem Tempo würde sie nicht eines der Pferde geputzt haben, bis Kristinn zurückkam! Sie schnalzte auffordernd und ruckte einmal kräftig am Führstrick. Blitzschnell hatte der Fuchs den Kopf hochgerissen und war mit geweiteten Augen ein paar Schritte zurückgewichen. Auch die umstehenden Pferde wurden unruhig, und Anna rutschte das Herz in die Hose. Wenn die jetzt wieder so eine wilde Rauferei anfingen, sah sie alt aus!

„Heh!“, rief es da vom Zaun. Ein Glück, dort stand Siggi und grinste breit. Er rief irgendwas Unverständliches auf Isländisch, aber Anna schüttelte nur den Kopf. „Helfen, nicht reden!“, forderte sie ihn auf, und Siggi hatte wohl verstanden. Schwungvoll setzte er über den Holzzaun und schlenderte ungerührt mitten durch die Herde auf Anna zu. Mit einem erneuten Wortschwall auf Isländisch nahm er Anna den Strick aus der Hand und hob den Zeigefinger. „Aha, ich soll gut aufpassen“, übersetzte Anna, „dann mal los, großer Meister, warum lässt sich Snotri nicht von mir führen?“

Siggi zog einmal am Führstrick und schüttelte den Kopf. Dann deutete er mit zwei Fingern auf seine Augen und dann auf Snotris Augen und machte ein ärgerliches Gesicht. Wieder schüttelte er den Kopf.

„Okay, ich soll nicht am Führstrick ziehen, das habe ich kapiert, und was noch?“

Erneut wies Siggi auf seine und dann auf Snotris Augen und ging dann drohend auf Anna zu. Die wich erschrocken zurück, und schon erhob Siggi wieder den Zeigefinger.

Ach so! Anna hatte verstanden: Wenn sie Snotri direkt ansah, verstand der das als Warnung und kam natürlich nicht mit. Darüber hatte Anna einmal in einem Buch über Pferdesprache gelesen, aber leider war nicht viel hängen geblieben. Wie Pferde in der Herde miteinander umgingen, darüber wusste Anna kaum etwas. Die Pferde im Reitstall lebten eben nicht in Herden, sondern alleine in Boxen. So war das leider in Ballungsgebieten, wo Weiden gerade mal Briefmarkengröße hatten, wenn es überhaupt Weideland gab!

Anna nickte eifrig und wollte nach dem Führstrick greifen. Doch Siggi wollte ihr noch etwas zeigen. Erneut hob er den Zeigefinger und dann schnalzte er, wie Anna es getan hatte. Ruckartig hoben die umstehenden Pferde die Köpfe und wurden unruhig. Siggi ließ seine Finger davongaloppieren und sah Anna fragend an.

„Okay, hab ich kapiert, schnalzen heißt rennen, werde ich mir merken!“, versprach Anna und nahm Siggi den Führstrick aus der Hand. Sie achtete darauf, Snotri nicht anzusehen, sondern ging langsam los und zupfte nur ganz leicht am Strick. Sofort folgte der Fuchs ihr willig durch den Auslauf bis zum Tor. Anna strahlte Siggi an, und der breitete mit einem Grinsen die Hände aus.

„Ganz schöne Sensibelchen, eure Wildpferde. Hätte ich nicht gedacht, dass Führen so schwer sein kann.“ Anna schüttelte den Kopf. Schnell hatte sie Snotri angebunden und machte sich daran, den hübschen Fuchs zu putzen. Der hatte schon wieder die Augen halb zugeklappt und genoss die Putzaktion sichtlich. Bald war Anna fertig und griff nach dem zweiten Halfter. Hafeti hieß der rundliche kleine Rappe, den sie als Nächstes holen wollte.

Siggi sah sie mit fragendem Blick an, doch Anna winkte ab. „Ich glaube, ich komme schon zurecht.“ Und wirklich, anstandslos ließen sich Hafeti und später sein Kollege Skelmir, ein eckig wirkender Fuchs, aufhalftern und putzen. Zwar war Anna jedes Mal ein wenig unsicher, wenn sie mitten durch die Herde gehen musste, doch alle Ponys machten ihr unaufgefordert und respektvoll Platz.

Es war schon ein komisches Gefühl, als erfahrene Reiterin – und das war sie ja schließlich! –eine ganz neue, unbekannte Seite an ihren geliebten Pferden zu entdecken. Na ja, eher Ponys, aber trotzdem. Anna putzte gedankenverloren Hafetis Kopf mit langen, sanften Bürstenstrichen. Ihr wurde bewusst, wie wenig sie eigentlich bislang über Pferde wusste. Sicher, sie konnte ganz gut reiten, wusste übers Putzen, Satteln und Auftrensen Bescheid, konnte dem Schmied und dem Tierarzt zur Hand gehen. Natürlich kannte sie Pierot und viele andere Pferde im Reitstall, kannte ihre Macken, ihre Talente, ihre Schwächen. Aber schon in den ersten vier Tagen hier auf dem Hof hatte sie so viel Neues erfahren und eine ganz neue Seite der Pferde entdeckt.

Anna runzelte die Stirn. Selbst über den kleinen Dalur wusste sie in mancher Hinsicht mehr als über ihren geliebten Pierot, den sie noch nie beim Spielen mit Artgenossen oder beim Rennen über eine Weide beobachtet hatte. Wie auch, Pierot stand in der Box und verließ seinen Stall nur, um geritten oder geführt zu werden!

Mit einem Seufzer klopfte Anna Hafeti den Hals.

„Nett gemeint, Anna, aber das versteht er nicht!", kam von hinten Kristinns Stimme. Anna zuckte zusammen. Konnte sie denn überhaupt nichts richtig machen? Immer krittelte jemand an ihr herum!

Kristinn musste ihre säuerliche Miene bemerkt haben, denn sie hob entschuldigend die Hand. „Du Arme, ist wohl alles ein bisschen viel für dich. Danke fürs Putzen, du hast uns sehr geholfen."

Schon wollte Anna sich wieder zurückziehen, doch dann gab sie sich innerlich einen Schubs und fragte: „Wie hast du das eben gemeint?"

„Ganz einfach: Kein Pferd kapiert, dass dieses Geklopfe ein Lob sein soll. Das ist keine Pferdesprache! Wie zeigen denn Pferde, dass sie einander gern haben?"

Anna zuckte die Schultern. „Keine Ahnung!", gestand sie verlegen.

„Hast du denn noch nie Pferdefreunde beobachtet, auf der Weide, im Auslauf oder so?"

„Nö", musste Anna eingestehen, „unsere Pferde stehen alle in der Box, Weideland gibt es bei uns nicht, und das Freilaufen in der Halle ist verboten."

Kristinn seufzte. „Die Ärmsten! Können einem schon Leid tun, eure Pferde. Keine Freunde, keine Sonne, keine Freiheit, wie gut haben es dagegen unsere Ponys!"

Anna platzte dazwischen. „Du tust gerade so, als hättet ihr hier das Rad neu erfunden! Du kannst doch nicht ernsthaft behaupten, Warmblüter oder Sportpferde könne man genauso halten wie eure Ponys! Und außerdem, mir wäre das viel zu gefährlich, alle Pferde so auf einem Haufen."

„Gefährlich für wen?", fragte Kristinn zurück. „Klar kann man alle Pferde so halten. Aber komm, Anna, lass uns nicht streiten. Eigentlich wollten wir ja nur klären, wie Pferde einander zeigen, dass sie sich mögen. Sieh mal, wie Frekjur und Skrimir sich gerade kraulen." Damit wies Kristinn auf zwei Wallache, die dicht aneinander gedrängt dastanden und sich gegenseitig mit Zähnen und Lippen die Kruppe beknabberten. „Gegenseitige Fellpflege ist ein Freundschaftsbeweis, und wenn du dieses Verhalten nachahmst, versteht dich dein Pferd."

Das war Anna zu hoch. „Hätte ich Pierot etwa sanft in die Kruppe beißen sollen, wenn er seine Sache gut gemacht hat?", fragte sie verständnislos.

Kristinn lachte. „So weit muss die Pferdeliebe nicht gehen. Krabbel dein Pferd mit den Fingern kräftig am Widerrist oder entlang des Mähnenkamms, wenn du im Sattel sitzt, oder kraule es an der Brust oder der Kruppe. So, genug geredet, jetzt wird gesattelt, und dann treiben wir die Jungs hier auf die obere Weide."

Kristinn verschwand in der Sattelkammer. Sie ließ eine recht nachdenkliche Anna zurück. Eigentlich fand sie es nervend, sich wegen jeder Kleinigkeit belehren lassen zu müssen, aber trotzdem ... Was Kristinn sagte, machte Sinn. Und was noch wichtiger war, Anna gefiel die Art, wie sie und ihre Bereiter mit den Pferden umgingen. Vielleicht war dies auch der Grund, warum diese kleinen Zottelkerle sie einfach nicht losließen. Angefangen hatte es damit, dass sich Dalur auf unerklärliche Weise in ihre Träume geschlichen hatte. Wie konnte sie von einem Pony träumen, von dem sie nie zuvor gehört hatte? Es hatte etwas von Zauberei. Und auch die Art, wie ausgerechnet der wirkliche, lebendige Dalur sofort auf ihren Pfiff reagiert hatte, ließ sich mit dem gesunden Menschenverstand nicht erklären.

Halt, gab es nicht in Alex´ und Franzis Mappe ein Kapitel, das sich mit der isländischen Sagenwelt beschäftigte? Ob sie da eine Erklärung fand? Anna musste fast über sich selbst lachen: Sie, die schon mit drei Jahren nicht mehr an Weihnachtsmänner und Osterhasen geglaubt hatte, ließ sich von ein paar dummen Zufällen so verunsichern. Das wäre doch gelacht! Trotzdem, nach dem Mittagessen wollte sie sofort in der Mappe nachschlagen. Mit diesem Entschluss folgte sie Kristinn in die Sattelkammer.

Es wurde tatsächlich noch ein richtig „sagenhafter" Tag auf Högniholt, denn beim Mittagessen verkündete Kristinn: „Heute Abend kommt der alte Jon!" Und als Anna sie fragend anschaute, erklärte sie ihr, warum sich alle Bewohner von Högniholt auf den alten Jon freuten.

„Jon ist ein Geschichtenerzähler und Dichter, ein Skalde. Hier auf Island hat die mündliche Überlieferung von Sagen und Mythen eine lange Tradition. Früher verkürzten sich die Landbewohner so die langen dunklen Wintermonate. Heute gibt es nur noch wenige Isländer, die sich dieser Tradition verpflichtet fühlen. Jon gehört dazu. Wenn er kommt, ist das für uns immer ein Festtag. Es trifft sich gut, dass morgen Sonntag ist, da können wir bis in die Nacht erzählen und morgen ausschlafen."

Und schon begann sie mit Siggi und Stimmi Streichhölzer zu ziehen. Siggi verlor und würde morgen früh Stalldienst machen müssen, während alle anderen ausschlafen durften.

Gleich nach dem Essen schnappte Anna sich ihre Mappe und verdrückte sich unauffällig. Langsam schlenderte sie über den Hof, auf den Hügel an der Ostseite zu. Ein schmaler steiler Pfad schlängelte sich durch struppiges Gras und blühende Sträucher den Hügel hinauf. Anna folgte ihm hoch und immer höher. Dickbäuchige Schönwetterwolken zogen geruhsam über den blauen Himmel, der Wind strich durch ihr offenes Haar, und ringsherum stiegen Singvögel in die klare Luft. Immer wieder huschten braun getupfte, gedrungene Vögel aufgeschreckt durchs dichte Gestrüpp.

Außer Atem erreichte Anna die Kuppe des Hügels und sah sich um. Unten im Tal konnte sie den Fluss Thorsa erkennen, der sich seinen Weg durch Moospolster und Grasflecken suchte. In der Ferne stieg majestätisch die dunkle zerklüftete Flanke der Hekla dem Himmel entgegen. Eine dichte Wolkenkappe krönte den niedrigen Bergrücken. An seinem Fuß zogen sich saftig grüne Weiden entlang, und wie kleine Tupfen konnte Anna zahlreiche Pferde darauf erkennen. Ob das wohl die Wallache waren? Mit einem wohligen Seufzer setzte Anna sich auf ein weiches Moospolster und reckte und streckte sich kräftig. Das tat gut! Sie fühlte sich dem Himmel so nah und dabei so unbeschwert wie die Vögel, die rings um sie herum jubilierend ihre Kreise zogen.

„Skalden – Dichter aus dem Volk" war das Kapitel betitelt, nach dem Anna gesucht hatte. Schnell erkannte sie den geschraubten Stil von Franzi – der Text las sich wie ein Schulaufsatz.

„Licht und Schatten, Gut und Böse, das sind die zentralen Themen der Sagas. ‚Saga' heisst einfach ‚Geschichte'. Skalden nannte man die Dichter, die in ihren Werken die Lebensgeschichten nordischer Herrscher, Heldensagen und Familiensagas, aber auch Märchen erzählten. Die Sagas wurden schon zu einem sehr frühen Zeitpunkt schriftlich festgehalten, und zwar in Isländisch, nicht in Latein, wie damals in anderen Ländern üblich. In den Sagas mischen sich historische Fakten mit mythischen Gestalten. Für das Selbstverständnis der Isländer spielen die Sagas eine große Rolle, sie werden als nationales Erbe betrachtet, das es zu bewahren gilt."

Heute Abend würde Anna also einen waschechten Skalden kennen lernen! Ob das wohl so ein verhutzeltes altes Männlein mit Rauschebart und Buckel war? Oder ein rotbäckiger, schnapsnasiger Schwadronierer? Anna legte sich ins Moos zurück und sah in den Himmel. Wie weit der war, und so tief dunkelblau, wie Anna ihn nur von einer Ferienreise ans Mittelmeer in Erinnerung hatte. Oben segelten die Wolkenschiffe in südlicher Richtung, die Sonne blinzelte hindurch und malte gemeinsam mit den Wolken Schattenspiele auf die Flanken der Hekla. Richtig warm wurde es Anna, als sie so windgeschützt in der Sonne lag. Unversehens fielen ihr die Augen zu, ihr Atem ging ruhig und gleichmäßig, die Mappe rutschte ihr aus den Fingern und Anna schlief ein.

„Dalur, Dalur .... Wo bist du?“ Erschrocken setzte Anna sich auf und schüttelte verwirrt den Kopf. Es dauerte einen Moment, bis sie sich orientiert hatte. Da war doch schon wieder der kleine Dalur durch ihre Träume gegeistert! Anna konnte sich vage an eine windgepeitschte Ebene in ihrem Traum erinnern, an die dunkle Hekla, die über ihr aufragte, an den eisigen Hauch des Gletschers. Sie hatte alleine in dieser Einöde gestanden und verzweifelt nach Dalur gerufen. Was auch immer diese Träume zu bedeuten hatten – und dass sie nicht zufällig waren, davon war Anna inzwischen überzeugt –, sie würde schon noch dahinter kommen.

Aber jetzt stand erst einmal ein gemütlicher Abend mit diesem Skalden an. Obwohl – erst jetzt fiel Anna ein, dass sie sicherlich kein Wort verstehen würde! Aber sei's drum, es war bestimmt trotzdem spannend, so einen Geschichtenerzähler zu beobachten. Anna griff nach ihrem Ordner und wanderte langsam den Hügel hinunter zum Hof zurück. Morgen würde sie vielleicht die Wallache und vor allem Dalur auf der Weide besuchen. Vorausgesetzt, Kristinn hatte nichts dagegen!

Dalur, Bote der Götter

Schon am späten Nachmittag trudelten nach und nach alle Hofbewohner mit erwartungsvollen Gesichtern im Haus ein. Thordis hatte das große Wohnzimmer festlich geschmückt. Ein Strauß Wildblumen – sicherlich keine, die unter Naturschutz standen, dachte Anna schuldbewusst – stand auf dem niedrigen Tisch, ein Feuer prasselte im Kamin und die tiefen Sessel waren in einem Halbrund davor aufgestellt.

Die kleine Hafdis hockte mit roten Wangen und glänzenden Augen unterm Tisch, wo sie sich mit Kissen und Decken eine Höhle gebaut hatte. Als Anna zur Tür hereinkam, schaute sie verlegen auf, doch Anna fragte nur: „Ist hier noch ein Plätzchen frei?“, und die Kleine strahlte sie an und wies auf ein freies Kissen neben sich.

Anna winkte lächelnd ab. „Später vielleicht, wenn es mir zu unheimlich wird!“ Auch das schien Hafdis zu verstehen.

Aus der Küche war Geklapper zu hören, dann schepperte es einmal laut, und Andri flüchtete ins Wohnzimmer, gefolgt von einem fliegenden Geschirrhandtuch und einer wütend dreinblickenden Thordis. Sie drohte ihrem Mann mit einem Kochlöffel, doch Andri lachte nur und leckte genüsslich seine Finger ab.

„Kann ich helfen?“, fragte Anna, doch sie erntete nur ein abwehrendes Wedeln mit dem Kochlöffel.

„Zu besonderen Anlässen duldet Thordis niemanden in ihrem Reich, aber Andri hält sich nicht dran und kommt immer Naschen!“ Kristinn stand in der Tür, und Anna staunte. Sie trug ein langes Gewand mit engem Oberteil, weißem Kragen und einer gestreiften Schürze. Dies sei die traditionelle Tracht der verheirateten Frauen, erklärte sie Anna, und als diese fragend die Augenbrauen hochzog, sagte sie nur knapp: „Mein Mann Egill ist vor einigen Jahren bei einem Unglück ums Leben gekommen. Trauer trage ich nicht, das hätte er nicht gewollt. Lieber führe ich seine Zucht weiter, da hing sein ganzes Herz dran.“

Anna hätte gern erfahren, wie Egill gestorben war und wie es Kristinn überhaupt von der Lüneburger Heide hierher verschlagen hatte. Aber Kristinn war anzumerken, dass sie nicht darüber sprechen wollte, und so schluckte Anna ihre Neugierde hinunter und fragte stattdessen: „Kann ich dir denn etwas helfen, wenn ich schon aus der Küche verbannt bin?“

Doch Kristinn winkte ab. „Danke, nicht nötig. Es gibt eigentlich nicht viel zu tun. Thordis hat Gebäck vorbereitet, dazu trinken wir Erwachsenen brennivin, das ist ein Schnaps. Beim Geschichtenerzählen ist keine Zeit für ein Festmahl. Du kannst dich umziehen gehen, vielleicht hast du ja etwas Hübsches dabei.“

Ein Glück, dass Annas Mutter trotz ihres lautstarken Protests den feinen dunkelblauen Hosenanzug eingepackt hatte. Blitzschnell hatte Anna sich umgezogen, war noch mal mit der Bürste durch die Haare gefahren und kam gerade die Treppe herunter, als Gusti anschlug.

Der ersehnte Gast war eingetroffen, in einem klapprigen blauen Kleinwagen, wie Anna durch das Flurfenster sehen konnte. Kristinn war vors Haus geeilt und öffnete die Fahrertür. Ein hölzerner Gehstock suchte tastend nach Halt, und Kristinn reichte dem Fahrer die Hand. Mit zweistimmigem Gelächter – einmal hell klingend, einmal dunkel dröhnend – kletterte ein kleiner, weißhaariger, rauschebärtiger Mann aus dem Auto. Gusti tanzte wild bellend um ihn herum und wollte unbedingt sofort beachtet werden. Der alte Jon beugte sich lächelnd zu ihm hinunter, worauf Gusti brav Platz machte und den Gast freundlich anwedelte. Die beiden kannten sich offensichtlich gut, denn Jon kraulte ihn hinter den Ohren, was Gusti besonders gerne mochte. Mit Kristinns Hilfe richtete der alte Mann sich wieder auf und ging langsam durch die Türe ins Haus.

Anna lief die Treppe hinunter und stellte sich zu den anderen, die in der Diele auf den Ehrengast warteten. Von nahem betrachtet sah der alte Jon wie ein verschrumpelter Apfel aus, fand Anna. Dass so viele Runzeln in einem einzigen Gesicht Platz hatten! Zwei wasserblaue Augen blinzelten sie verschmitzt an, als der alte Jon ihr als Erster die Hand reichte.

„Du bist auch Gast hier, deshalb haben wir etwas gemeinsam!“, übersetzte Kristinn seine Begrüßung.

Das fand Anna sehr nett, und mit einem Mal war ihre Schüchternheit wie weggeblasen. „Thökk!", antwortete sie ihm, das hieß „Danke!"

Der alte Jon tätschelte ihr anerkennend die Hand.

Nun begrüßte er auch Thordis, Andri, Stimmi und Siggi und hatte für jeden ein freundliches Wort.

Im Wohnzimmer nahm Jon im bequemsten Lehnsessel Platz, ein Fußschemel wurde für ihn zurechtgerückt, das kleine Tischchen mit den Getränken und dem Gebäck neben ihn gestellt, und dann konnte es offensichtlich losgehen mit dem Erzählen.

Anna war inzwischen schon richtig ungeduldig, obwohl sie ja sowieso kein Wort verstehen würde.

Doch zu ihrer Überraschung wandte der alte Jon sich zuerst an sie.

Fragend schaute Anna zu Kristinn, und die übersetzte leise. „Anna aus Deutschland, meine Geschichte ist ebenso für dich bestimmt wie für alle anderen hier im Raum. Vielleicht ist sie für dich sogar besonders wichtig, das kannst nur du entscheiden. Ich habe eine Geschichte ausgesucht, die Kristinn bereits kennt, und habe sie gebeten, sie für dich zu übersetzen. Kristinn ist einverstanden, und auch die anderen werden dich nicht ausschließen wollen. Merke dir: Geschichten sind wie Geschenke. Bewahre sie auf, du wirst nicht viele solcher Geschenke in deinem Leben erhalten!"

Beinahe unmerklich schüttelte Kristinn den Kopf, als Anna sie fragen wollte, wie das gemeint war. „Schsch", machte sie leise. „Hör einfach nur zu!"

Und damit begann Jon zu erzählen, und Kristinn übersetzte flüsternd seine Worte.

In einem Nachbartal lebte vor langer Zeit ein reicher Bauer, der Jon Gustavson genannt wurde. Auf seinem Hof gediehen die Schafe besser als auf allen anderen Höfen der Gegend, seine Pferde waren schneller und mutiger, sein Heu würziger und nahrhafter, seine Knechte und Mägde fleißiger und gewissenhafter. Er hatte eine wunderschöne junge Frau, die den ganzen Tag bei der Arbeit sang und mit der Sonne um die Wette strahlte. Seine beiden Söhne und die beiden Töchter waren klug und arbeiteten brav mit. Trotzdem war der Bauer nicht glücklich. Ständig sann er darüber nach, wie er seinen Reichtum mehren könnte, und immer lebte er in der Angst, seinen Besitz eines Tages zu verlieren. Alles, was er im Laufe der Jahre angehäuft hatte, wollte er festhalten. Nie war er mit seinen Arbeitern und seiner Familie zufrieden. So kam es, dass der reichste Bauer weit und breit auch der unglücklichste war.

Unter den Reitpferden des Hofes gab es einen Hengst, der alle anderen an Schnelligkeit und Klugheit übertraf. Der große schwarze Rappe hieß Dalur, also Tal. Obwohl er ein so besonderes Pferd war, trug er diesen einfachen Namen, nach dem Stierflusstal, in dem er geboren war. Jon Gustavson wollte mit Dalur all die anderen Pferdezüchter beim alljährlichen Reitwettbewerb besiegen. Dafür trainierte er jeden Tag. Dalur gab für seinen Herrn alles, und doch war Jon nie zufrieden. Schneller, immer noch schneller sollte Dalur laufen, und Dalur bemühte sich, seinem Herrn zu gefallen, wie gute Pferde dies eben tun. Seine Frau mahnte Jon Gustavson sanft, das Pferd nicht durch seinen Ehrgeiz zu verderben, doch Jon wollte davon nichts hören. Wenn er nur diesen Wettbewerb gewinnen könnte, würde sein Glück für alle Zeiten anhalten, glaubte er. So trieb er Dalur immer weiter an, und Dalur gab ihm an Schnelligkeit, Kraft und Ausdauer, was er geben konnte.

Der Tag des Wettbewerbs rückte immer näher, und immer verbissener wurde Jon. Am Vorabend des Rennens wollte er zu dem Ort im Nachbartal reiten, wo die Wettkämpfe in diesem Jahr ausgetragen werden sollten, um Dalur über Nacht ruhen zu lassen und am nächsten Tag frisch starten zu können.

So ritt Jon am frühen Abend einer hellen Sommernacht los, begleitet von den guten Wünschen seiner Frau und seiner Kinder. Doch dunkle Gedanken machten sich mit Jon auf die Reise. Was, wenn Dalur besiegt würde? Was, wenn die anderen Reiter nur Hohn und Spott für ihn übrig hätten? Was, wenn es ihm nicht gelingen würde, der Beste zu sein, wie er es gewohnt war? Er hatte keinen Blick für die Schönheit der Sommernacht, und auch als es schlagartig dunkel wurde und ein dumpfes Grollen durchs Tal rollte, blickte er nicht auf. Erst als rötliche Blitze durchs Dunkel zuckten und glühende Asche auf ihn und Dalur niederregnete, wurde er aufmerksam.

Am Ende des Tals wälzte sich eine träge Spur glutheißer Lava den Hang der Hekla hinab, rote Fontänen des geschmolzenen Gesteins sprühten in den Himmel, der von Aschewolken verdunkelt wurde. Jon hielt Dalur an, und der Hengst stand gehorsam. „Uns kümmert das nicht, Dalur, unser Ziel liegt jenseits des Passes in einem Tal, das die Hekla mit ihrem Zorn nicht erreichen kann."

Jon wollte seinen Hengst wieder antreiben, doch Dalur blieb stehen und wieherte wild auf. „Wie, du willst nicht? Du fürchtest dich wohl! Mit einem feigen Pferd soll ich beim Wettbewerb starten? Willst du, dass alle über Jon lachen, Jon, den reichsten Bauern weit und breit?" So redete Jon seinen Hengst zornig an, doch Dalur schüttelte nur wild seine schwarze Mähne und ging rückwärts.

Außer sich vor Wut nahm Jon die Zügelenden und schlug sie seinem Rappen über die Kruppe. Dalur hatte noch nie zuvor Schläge bekommen und doch war es so, als spürte er sie nicht. Immer wieder wieherte er auf, ging rückwärts, stieg und schüttelte seine Mähne. Und immer wieder schlug Jon ihn, außer sich vor Zorn über den Ungehorsam seines besten Pferdes.

Dalur wieherte verzweifelt, und plötzlich war es Jon, als höre er im Wiehern seines Hengstes eine mahnende Stimme: „Deine Familie ist in Gefahr, Jon, denk an deine Familie!" Jon erstarrte. Dalur stand still und scharrte nur ungeduldig mit dem rechten Vorderhuf. Er schnaubte, und Jon hörte erneut die Stimme: „Jon, denk an deine Familie!" Und mit einem Mal wusste Jon, welche Gefahr seiner Familie drohte. Die Lava des Vulkans würde sich über den Gletscher ergießen, der am Talende lag, das Gletschereis würde schmelzen, ungeheure Massen Wasser würden sich durchs Tal wälzen und alles mit sich reißen. Die Flutwelle würde den Hof von Jon überspülen, und alle würden umkommen.

„Meine Familie!", rief Jon entsetzt, wendete den Hengst und gab ihm die Zügel frei. Dalur schoss los, als wüsste er um die Gefahr, die Jons Familie drohte. Er lief durch die Talsohle, rannte den Berghang hinauf, überquerte die Passhöhe und raste ins nächste Tal hinunter.

Jon hielt sich mit einer Hand in der Mähne fest, denn so schnell war er in seinem ganzen Leben noch nicht geritten. Er musste seinen Hengst nicht treiben, Dalur lief, so schnell er konnte, wahrscheinlich sogar noch schneller. Er war wirklich das schnellste Pferd weit und breit, und so kam Jon noch rechtzeitig auf den Hof, um seine Familie zu warnen.

Seine Knechte und Mägde trieben die Pferde und Schafe zusammen und auf die nächste Bergkuppe, wo sie in Sicherheit waren. Jon und seine Familie hatten gerade noch Zeit, ein paar Erbstücke und etwas Kleidung zusammenzuraffen, dann flüchteten auch sie.

Im Schein der glühenden Lava sah Jon, wie eine gewaltige Flutwelle durch das Tal auf seinen Hof zurollte, Schlamm und Geröll mit sich reißend. Seinen Hof, alle Gebäude, seine guten Heuwiesen, die Scheunen und Pferdeställe, alles nahm das Gletscherwasser mit und ließ eine schlammige Einöde zurück.

Auf der Bergkuppe nahm Jon seine Familie in die Arme und sagte: „Mein höchstes Gut, mein größtes Glück ist mir heute neu geschenkt worden. Jetzt weiß ich, was wirklich wichtig ist, jetzt kenne ich meinen wahren Weg. Er führt mich nicht zu Reichtümern und lässt mich nicht nach dem Neid meiner Nachbarn streben. Ohne meinen treuen Dalur hätte ich euch alle heute Nacht verloren, und was wäre dann aus mir geworden?"

Von diesem Tag an war Jon Gustavson nicht mehr der, den alle kannten. Er hatte einen besseren Weg zum Glück gefunden. Lange Zeit musste er um das Leben seines treuen Hengstes bangen, denn Dalur war so schnell gelaufen, dass er schwer erkrankte. Vielleicht hatten die Schläge seines Herrn ihn auch da verletzt, wo Wunden am schlechtesten heilen.

Jon weinte viele bittere Tränen in die schwarze Mähne seines Freundes, und eines Tages war Dalur wieder gesund und kämpfte wie früher mit den anderen Hengsten um die Gunst der Stuten. Er wurde zum Begründer der bedeutenden Zucht des Hofes, und seine Nachkommen waren im ganzen Lande gefragt.

Selbst als er im hohen Alter von 32 Jahren starb, geriet er nicht in Vergessenheit. Es geht die Sage, dass Dalur kein gewöhnliches Pferd, sondern ein Bote der alten isländischen Götter gewesen sei. Er und andere Pferde seines Namens würden den Menschen des Tals von den Göttern gesandt, um sie auf den rechten Weg zu führen, wenn sie fehlgingen. Ob dies wahr ist, kann nur der sagen, dem Dalur bei seiner Suche nach dem rechten Weg beisteht. Jon Gustavson, den ihr den alten Jon nennt, hat diese Hilfe erfahren. Er dankt heute den isländischen Göttern, dass sie die Menschen nicht vergessen haben und ihnen Dalur, den Boten, schicken, wenn sie in Not sind.

Damit endete die Geschichte. Im Wohnzimmer war es still, nur das Kaminfeuer knackte und prasselte leise. Anna wischte sich verstohlen eine Träne aus den Augen. Ihr Herz klopfte wild. Wie seltsam, dass der alte Jon ausgerechnet diese Geschichte, seine eigene Geschichte ausgewählt hatte, ganz so, als wüsste er um ihre Träume, durch die immer wieder ein schwarzes Pferd namens Dalur galoppierte. Konnte das Zufall sein? Der Dalur ihrer Träume, Kristinns Dalur und der Dalur aus Jons Geschichte – Anna schnürte es die Kehle zu.

Unruhig rutschte sie in ihrem Sessel herum, als Kristinn ihre Hand ergriff. „Es ist nur eine Geschichte, Anna“, beruhigte Kristinn sie, „vielleicht ist sie wahr, aber sie ist vor langer Zeit passiert. Kein Grund zur Beunruhigung!“

„Aber woher weiß er … ?“, fragte Anna verstört. Ob Kristinn den alten Jon gebeten hatte, Anna auf diesem Weg ins Gewissen zu reden?

Kristinn lachte nur. „Er ist ein alter Mann, hat viel gesehen und erlebt. Er weiß nichts, Anna, schon gar nicht von mir. Aber er ahnt vieles, er schaut tief in die Menschen hinein. Trotzdem, es ist und bleibt eine Geschichte. Auch die Sage von Dalur, dem Boten der Götter, muss dich ja nicht betreffen. Vergiss nicht, Dalur ist mein Pferd, mein Mann Egill hat ihn gezogen, aus seiner Stammstute Hetja und einem Hengst, der in direkter Linie auf Jons Dalur zurückgeht. Also, mach dir keinen Kopf!"

Kristinn hatte gut reden, durch ihre Träume galoppierte Dalur schließlich nicht! Aber Anna nickte bloß und brachte sogar ein Lächeln zustande.

Der alte Jon hatte die beiden aufmerksam beobachtet und wandte sich nun mit einer Frage an Kristinn. Diese antwortete mit einem Lächeln und schüttelte den Kopf. „Er hat gefragt, ob es eine Geschichte für dich gewesen ist, Anna. Ich habe ihm gesagt, das ließe sich noch nicht genau sagen."

Anna seufzte, ihr schwirrte der Kopf. Doch als jetzt Thordis und Andri ihre kleine Hafdis vorsichtig aus der Räuberhöhle hervorzogen – sie war fest eingeschlafen und murmelte im Schlaf leise vor sich hin –, wusste sie mit einem Mal, was ihr auf der Zunge lag.

Zaghaft stupste sie Kristinn an. „Du, wenn es nicht zu spät ist", flüsterte sie, „also, weißt du, ich würde Dalur doch gerne mal reiten. Nein, eigentlich glaube ich, dass ich es sogar unbedingt tun muss. Geht das?"

Die Wallache standen ja nicht mehr am Haus, und nachdem sie Dalur so verschmäht hatte, wäre es verständlich, wenn Kristinn ihre Bitte ablehnen würde.

Doch die nickte nur. „Ich glaube nicht, dass Dalur etwas dagegen hat", meinte sie und setzte hinzu: „Jetzt aber ab mit dir in die Koje, es ist ganz schön spät geworden. Gute Nacht!"

Anna reitet Dalur

Anna hatte sich fest vorgenommen, früh aufzustehen. Sie wollte mit Kristinn auf die obere Weide, Dalur hereinholen. Das durfte sie auf keinen Fall verpassen! Doch als sie die Augen aufschlug, stand die Sonne bereits hoch am Himmel.

Unten war es still, kein Laut drang aus Küche und Esszimmer nach oben. Schnell sprang Anna aus dem Bett, raffte ihre Klamotten zusammen und sauste ins Bad. Dabei wäre sie beinahe über Gusti gestolpert, der vor ihrer Zimmertür auf sie wartete.

„Morgen, Gusti!", rief sie ihm zu, und er antwortete: „Wuff!"

Als sie nach einer sensationell kurzen Katzenwäsche wieder auf den Flur trat, saß er immer noch da und wedelte sie mit erwartungsvollem Blick an. Jetzt bemerkte Anna, dass in seinem Halsband ein Zettel klemmte. Kristinn hatte ihr eine Nachricht hinterlassen. „Guten Morgen, Schlafmütze!" stand da. „Wir sind zu den Stuten gefahren, es gibt Probleme mit einer frisch gebackenen Mutter, die von ihrem Fohlen nichts wissen will. Frühstücke in Ruhe, Dalur wartet sicher so lange auf dich!"

Das war leichter gesagt als getan, denn vor Aufregung

brachte Anna fast keinen Bissen hinunter, obwohl Thordis frische Brötchen gebacken hatte. Doch gerade als sie den letzten Bissen ohne Appetit beäugte, war von draußen schon der Motor des Jeeps zu hören. Anna stürzte zur Tür.

Kristinn hatte den Jeep mit dem Pferdehänger geschickt vor einen kleinen Auslauf manövriert, sodass die Laderampe genau in das geöffnete Tor passte. Siggi und Stimmi ließen die Rampe herab und blieben rechts und links davon stehen. Kristinn kletterte in den Hänger und führte eine hübsche Fuchsstute mit Stern und Schnippe vorsichtig rückwärts heraus. Hinter der Stute wackelte auf unsicheren Stelzenbeinen ein fuchsfarbenes wolliges Fohlen langsam die Rampe hinunter. Es war seiner Mutter wie aus dem Gesicht geschnitten. Ein Stern und eine Schnippe befanden sich wie Farbkleckse mitten in seinem zarten Gesichtchen.

„Unsere Stjarna hat ein kleines Sternchen bekommen!“, rief Kristinn zu Anna hinüber.

Anna kam vorsichtig näher. Geschickt führte Kristinn Stute und Fohlen in den Auslauf, wo eine gut gefüllte Heuraufe auf die junge Mutter wartete.

„Dies ist Stjarnas erstes Fohlen“, erklärte Kristinn, „sie nimmt es leider nicht an.“

„Ist das schlimm?“, fragte Anna erschrocken.

„Im Prinzip schon, aber wenn man es gleich merkt und Stute und Fohlen für eine Weile von der Herde trennt, finden die beiden meist zusammen. Bei Erstlingsstuten kommt es schon mal vor, dass sie zunächst nicht mitkriegen, dass sie Mutter geworden sind – so verrückt sich das anhört."

Stimmi und Siggi hatten die Rampe bereits wieder verschlossen und standen abwartend neben dem Jeep.

Kristinn winkte ab. „Den Rest schaffen wir alleine, Anna, meinst du nicht? Heute ist Sonntag, da haben die beiden eigentlich frei, von Notfällen wie diesem einmal abgesehen."

Anna nickte. Dalur von der Weide holen, das dürfte kein Problem sein.

Doch zu ihrer Überraschung koppelte Kristinn den Hänger ab, verschwand in der Sattelkammer und kam mit Sattel und Trense beladen zurück.

„Du bist ja noch nicht umgezogen, jetzt mach mal zu!", rief sie .

„Umziehen?", fragte Anna verwirrt.

„Ach so, die Reithose hat dir deine Mama heimlich unten in den Koffer gestopft. So weit bist du wohl noch nicht vorgedrungen. Statt Stiefel ziehst du besser die festen Schnürstiefeletten an, dazu deine dicke Weste, denn auf den oberen Weiden ist es ganz schön schattig. Einen Reithelm leihe ich dir, Moment noch."

Anna wurde nervös. Offensichtlich hatte Kristinn nicht vor, Dalur mit dem Hänger von der Weide zu holen. Sollte Anna ihn etwa heimreiten? Ein fremdes Pferd durch unbekanntes Gelände reiten, sie, die so gut wie keine Geländeerfahrung hatte? Anna schluckte.

Kristinn war wieder in der Sattelkammer verschwunden, offensichtlich auf der Suche nach einem passenden

Helm. Mit klopfendem Herz und zittrigen Knien verschwand Anna auf ihr Zimmer, um sich umzuziehen.

Als sie zurück auf den Hof kam, saß Kristinn schon im Jeep. „Alles klar? Hier, probier mal den Helm auf, das war früher meiner, der dürfte dir passen."

Kristinn merkte offensichtlich nichts von Annas Lampenfieber. Oder doch? Mit einem Seitenblick auf Anna meinte sie: „Dalur kennt den Weg, du wirst dich schon nicht verirren."

Verirren? Das war Annas geringste Sorge. Aber sollte sie zugeben, dass sie Angst hatte? Das kam nicht in Frage! Anna biss sich auf die Unterlippe. Wie konnte man sich nur so anstellen! Es sollte ja wohl kein Problem sein, mit einem harmlosen Ponychen gemütlich durchs Gelände zu zuckeln. Blieb sie halt im Schritt, das war vermutlich eh besser, damit der Kleine seinen Weg fand. Genug gezittert, das war ja lächerlich!

Anna schielte aus den Augenwinkeln zu Kristinn rüber. Ein leises Lächeln lag auf ihrem Gesicht, während sie geschickt den ausgefahrenen steilen Weg entlangfuhr. Lachte sie über Anna? Oder freute sie sich über den klaren hellen Morgen?

Da rumpelte der Wagen schon über eine einfache Holzbrücke und hielt vor dem Tor zur oberen Weide. Anna stieg aus und sah sich um. Weit unten konnte sie die Gebäude des Hofes erkennen, wie Spielzeug lagen sie verstreut in der Senke. Um sie herum erstreckte sich eine endlose Weite grüner Hügel, die wie die Wellen eines Grasmeeres bis an den Horizont fluteten. Darüber wachte die dunkle Hekla, deren Kuppe eine wolkige Mütze trug.

Kristinn stupste Anna mit dem Ellbogen in die Rippen. „Schön, nicht?“ Sie blickte mit einem Seufzer in die Runde.

Anna nickte. Schön? Es war geradezu atemberaubend, diese endlose Weite, dieser hohe Himmel, die klare kühle Luft. „Ich finde, eure Luft schmeckt wie Pfefferminztee!“, sprudelte sie hervor und musste lachen.

Kristinn grinste. „Hast Recht, Anna, Pfefferminztee mit Honig, stimmt's?“ Anna nickte. Seltsam, dass sie sich oft wortlos mit Kristinn verstand – fast wie mit einer älteren Schwester.

Kristinn hatte die Heckklappe des Jeep geöffnet und den Sattel ins Gras gelegt. Mit dem Zaumzeug in der Hand öffnete sie das Tor zur Weide und meinte: „Ich helfe dir noch beim Satteln, dann kommst du alleine zurecht, oder?“

„Klar!“, bestätigte Anna selbstbewusst und befahl ihren Zitterknien, sofort mit dem Unsinn aufzuhören.

Gemeinsam betraten sie die Weide, wo weit und breit kein einziges Pony zu sehen war. Kristinn pfiff einmal gellend, und schon stob die ganze Herde aus einer schattigen Senke wie der Wind auf die beiden zu. Im Nu standen sie inmitten lauter gut gelaunter Ponys, die einander kniffen und anrempelten, um nur ja alles mitzukriegen. Mit großen Augen sahen sie die Menschen erwartungsvoll an.

„Nichts gibt es, ihr Racker!“, lachte Kristinn und

reichte Anna das Zaumzeug. „Deinen Dalur wirst du ja inzwischen kennen, dann trense ihn mal auf und bring ihn zum Tor."

Und schon stand Anna alleine da und sollte zusehen, wie sie zurechtkam.

Sie pfiff leise, und tatsächlich schob sich jetzt ein schwarzes Pony energisch mitten durch seine raufenden Kollegen und blieb direkt vor Anna stehen. Die musste lachen, denn Dalur sah sie fast ungeduldig an, so, als wolle er sagen: „Na, du hast dir aber reichlich Zeit gelassen. Jetzt komm mal in die Puschen!"

Schnell hatte sie ihn aufgetrenst und war zum Tor gelaufen, wo Kristinn mit einer Handbewegung die ganze neugierige Meute fortscheuchte, damit Anna Dalur aus der Weide führen konnte. Mit wenigen Handgriffen sattelte sie Dalur anschließend, während Anna ihn am Zügel hielt. Dalur stand vorbildlich still und rührte sich auch nicht, als Anna ein wenig umständlich die Steigbügel auf die richtige Länge einstellte. Die Steigbügelriemen verliefen nämlich unter dem Sattelblatt, was es dem Reiter erleichtert, seine Beine ruhig zu halten, wie Kristinn auf Annas Frage erklärte.

Viel zu schnell war der Moment da, wo es wirklich nichts mehr zu verschnallen und einzustellen gab. Anna setzte den Helm auf, Kristinn zog den Sattelgurt nach und nahm dann Dalur am Zügel, damit Anna aufsitzen konnte. Mit viel zu viel Schwung kam sie in den Sattel und wäre beinahe auf der anderen Seite wieder heruntergesegelt – was für eine Blamage! Aber Kristinn lachte nur und sagte: „Bei unseren Ponys ist das Aufsitzen kein Kraftakt, du bist wohl noch auf Reitelefanten eingestellt."

Sie schob wie nebenbei Annas Füße in die Steigbügel, kontrollierte noch einmal Sattelgurt und Schweifriemen, ordnete Dalurs Schopf und kraulte ihn kurz an der Stirn. „Bis gleich, ich fahre noch schnell bei den Fohlenstuten vorbei, wir sehen uns dann auf dem Hof. Dalur kennt den Weg!" Schon brauste der Geländewagen weiter und verschwand in einer Staubwolke. Anna blieb allein zurück.

„Na, dann mal los!", befahl sie sich selber und drückte energisch ihre Unterschenkel an. Dalur legte die Ohren an und tänzelte aufgeregt auf der Stelle. Anna griff die Zügel fester und setzte sich schwer in den Sattel. Das fing ja gut an! Erneut gab sie Schenkeldruck, doch Dalur schien sie nicht zu verstehen. Anstatt im Schritt anzugehen, hüpfte und zappelte er unter ihr und fühlte sich an wie ein kleiner Vulkan, der jeden Moment ausbrechen konnte. Ob sie nicht doch besser absaß und ihn heimführte?

„Nichts da!", schimpfte Anna leise mit sich. „Der Zwerg frisst dich schon nicht!" Doch so ganz sicher war sie sich nicht. Ob sie einfach mal hart durchgriff?

Kaum hatte sie den Gedanken zu Ende gedacht, ging plötzlich alles rasend schnell. Anna hatte unbewusst die Waden erneut angespannt, und das war für Dalur offensichtlich der Startschuss. Wie der Blitz schoss er los, Hals über Kopf den steilen Weg hinunter. Anna verlor sofort beide Steigbügel und hing halb auf Dalurs Hals. Mit einer Hand hielt sie sich an seiner Mähne fest und schaffte es mit knapper Not, sich zurück in den Sattel zu hieven.

Dalur war vom Weg abgebogen und galoppierte nun in ruhigerem Tempo über eine lange Wiese. „Ho, Dalur, langsam, wir sind hier falsch!“, redete Anna auf ihn ein und versuchte gleichzeitig, ihre Steigbügel wieder aufzunehmen und die Zügel zu sortieren.

Endlich hatte sie den rechten Bügel geangelt und beide Zügel im Griff, doch auf ihren erneuten Versuch, Dalur durchzuparieren, düste er wieder ab. Verzweifelt zog Anna am rechten Zügel, um ihn zurück auf den Weg zu lenken, da setzte Dalur mit einem Galoppsprung über einen kleinen Bach. Anna verlor den Halt und plumpste unsanft ins Gras. Da saß sie nun und schnappte nach Luft. Aua! Mit verzerrtem Gesicht rieb sie sich den Oberschenkel. Sie war mitten im Matsch gelandet, doch ihr rechtes Bein hatte zielsicher den einzigen Stein weit und breit getroffen! Das gab sicher einen dicken blauen Fleck. Ansonsten schien nur ihr Stolz verletzt, alle Knochen waren heil geblieben. Kein Wunder, schließlich war sie weich gelandet, Matsch hatte eben auch seine Vorteile. Reithose, T-Shirt und Reitweste, alles troff, selbst ihr Gesicht schien eine Schlammpackung abbekommen zu haben.

Mit einem leisen Stöhnen kam sie auf die Beine und sah sich um. Dalur stand friedlich ein paar Meter entfernt im saftigen Gras und ließ es sich schmecken.

„Spinnst du, was war das denn für eine Aktion?“, schimpfte Anna mit ihm.

Doch als sie ein unschuldiger Blick aus rabenschwarzen Knopfaugen traf, verflog ihr Zorn. „Was hast du zu deiner Entschuldigung vorzubringen?“, fragte sie ihn, und als Antwort prustete Dalur einmal laut. „Tja, ich verstehe anscheinend die isländische Ponysprache nicht“, murmelte Anna. „Da werde ich wohl Kristinn bitten müssen, sich wieder als Übersetzerin zu versuchen.“

Anna pfiff leise, und sofort setzte das schwarze Pony sich in Bewegung und kam auf sie zu, bis sie die Zügel greifen konnte. Ein Glück war er nicht einfach weitergaloppiert, bis auf den Hof. Niedlich war er ja schon, aber Manieren hatte er keine. Einfach durchzugehen und sie abzuwerfen, so ganz ohne Grund, das ging einfach nicht.

„Du bist halt doch ein richtiges Pony. Stur für zwei und Rittigkeit Fehlanzeige. Ich hätte bei meinem Entschluss bleiben sollen, das hat ja alles keinen Zweck.“ Niedergeschlagen redete Anna auf Dalur ein, während sie ihn langsam den steilen Weg hinunterführte. Das letzte Mal war sie vor über einem Jahr vom Pferd gefallen, beim Springunterricht mit Kolibri, der jeden Sprung wie ein Hubschrauber nahm. Dalur dagegen hatte eigentlich in bester Springmanier über den Bach gesetzt, mit einer schönen Flugkurve und ausbalancierter Landung – nur etwas unerwartet.

Stirnrunzelnd befühlte Anna ihre Reithose, alles war

nass und schlammig. Wenigstens hatte Kristinns Helm nichts abbekommen. Kristinn – ob sie wohl lachen würde? Oder Anna als hoffnungslosen Fall abschrieb?

Mit einem Mal verließ Anna jeglicher Mut, und sie sank schluchzend in sich zusammen. Da hockte sie, in der Weite der isländischen Landschaft, in einem Land, dessen Sprache sie nicht sprach, unter Leuten, denen sie bestimmt gleichgültig war, umgeben von Ponys, die sie nicht verstand, und sie sollte es noch so viele Wochen hier aushalten. Wenn wenigstens Alex und Franzi hier gewesen wären!

Vorsichtig stupste sie etwas an der Schulter. Dalur hatte nicht etwa die Gunst der Stunde genutzt und sich über das frische Gras hergemacht, sondern war dicht hinter sie getreten und stieß sie nun sanft mit seiner samtigen schwarzen Nase an. Aufmerksame Augen blinzelten unter dem wirren Schopf hervor und schienen zu fragen: „Was ist los? Brauchst du vielleicht einen Freund? Einen, der zu dir hält? Dem du alles erzählen kannst?"

Anna musste unter Tränen lachen. „Na, komm, mein kleiner Freund, bringen wir es hinter uns!" Je eher sie Kristinns Donnerwetter über sich ergehen ließ, desto besser. Mit immer noch zittrigen Knien machte sie sich daran, den steilen Weg zum Hof hinabzuklettern. Und als ob er ihr beistehen wollte, strich Dalur immer wieder vorsichtig mit seinen zarten Nüstern an ihrem Arm vorbei.

Noch Fragen?

Als Anna endlich müde und erhitzt mit Dalur am Zügel auf den Hof kam, schien Högniholt wie ausgestorben. Nur aus der Küche drang leise Thordis' Gesang nach draußen. Glück gehabt! So konnte sie klammheimlich Dalur versorgen und sich umziehen, anstatt allen als wandelnde Schlammpackung unter die Augen treten zu müssen.

Anna ging über den Hof zum Stall und zog vorsichtig die große Holztür auf. Mist! Die Tür zur Sattelkammer stand offen und von drinnen drangen leise Geräusche. Offensichtlich räumte jemand auf oder putzte das Sattelzeug. Unentschlossen stand Anna in der offenen Stalltür, als Kristinn auch schon aus der Sattelkammer rief: „Mach die Tür zu, Anna, hier zieht's wie Hechtsuppe!"

Und noch bevor Anna reagieren konnte, setzte sie hinzu: „Dalurs Sattel und Trense lässt du hier, Dalur kommt in die Herde der Jungpferde, und du ziehst dich wohl besser erst mal um. Übrigens: Der kürzeste Weg von der oberen Weide auf den Hof geht über die große Wiese, Dalur weiß da genau Bescheid."

Annas Unterkiefer klappte herunter. Kristinn beugte sich durch die offene Tür und grinste Anna breit an.

„Nö, ich kann nicht hellsehen, bloß weit gucken. Vergiss nicht, wie klar die Luft hier oben ist."

Als Anna stammelnd eine Erklärung abgeben wollte, winkte sie ab. „Mach bloß keinen Wind, Anna, ist doch nichts passiert, oder? Du hast sicher nur vergessen, Dalur zu fragen, wie er geritten werden will." Ehe Anna auf diese verblüffende Erklärung etwas erwidern konnte, verschwand Kristinn wieder in der Kammer und das Geklapper ging weiter.

Schnell hatte Anna ihr Pony abgesattelt, übergeputzt und zu den Jungpferden in den Stall gestellt. Erleichtert ging sie zum Haus hinüber, um sich trockene Klamotten anzuziehen. Was immer Kristinn mit ihrer eigenartigen Bemerkung gemeint haben mochte, sauer war sie jedenfalls nicht, so viel stand fest.

Dalur fragen, wie er geritten werden will – wie sollte das gehen? Schließlich war sie doch die Chefin im Sattel, bestimmte Tempo und Richtung, oder nicht? Doch als Anna unter der Dusche stand und der warme Wasserstrahl nicht nur die inzwischen eingetrocknete Schlammkruste, sondern auch ihre Anspannung fortspülte, musste sie wieder daran denken, wie sehr sie Kristinns Reitstil beeindruckt hatte, ihre Leichtigkeit und Fröhlichkeit im Sattel. Und das Besondere daran war, dass auch ihre Reitpferde förmlich zu tanzen und nicht etwa schwer zu arbeiten schienen. Anna hatte auf Högniholt noch kein einziges unwillig aufgesperrtes Maul, keinen nervös schlagenden Schweif, kein sich auf die Hand legendes Pferd gesehen. Ob das wohl daran lag, dass Kristinn ihre Pferde tatsächlich fragte, wie sie geritten werden wollten? Wie machte sie das bloß? So verrückt sich das anhörte, es musste etwas dran sein!

Kaum hatten sich alle zum Mittagessen versammelt, platzte Anna schon heraus: „Du, Kristinn, wie hast du das vorhin gemeint? Hast du nur Spaß gemacht oder findest du im Ernst, ich sollte mein Pferd fragen, wie es geritten werden möchte? Und wie soll das gehen?“

Kristinn lachte. „Auf welche deiner Fragen hättest du denn gerne eine Antwort? Ich habe keinen Spaß gemacht, aber wie ich das meine, lässt sich nicht mit ein paar Worten erklären. Lieber würde ich es dir in aller Ruhe zeigen. Heute muss ich allerdings erst einen Patienten aus der Klinik holen, kannst du dich also noch ein wenig gedulden?“

„Na klar, ich bleib ja noch ein Weilchen. Kann ich mitfahren?“, fragte Anna und versuchte ihre Enttäuschung zu verbergen.

Doch Kristinn winkte ab. „Heute nicht, tut mir Leid. Das Auto ist voll, weil ich auf dem Rückweg noch beim Nachbarn vorbeifahre und Zaunpfähle einlade. Da könnte ich dich höchstens auf die Kühlerhaube binden!“

„Nö, danke. Ich glaube, ich lese lieber noch ein wenig.“ Dann würde sie eben versuchen, in Alex' und Franzis Ordner eine Antwort auf ihre Frage zu finden. Oder ob sie Franzi einfach direkt anrief und sie fragte?

Im Reitunterricht hatte man ihr jedenfalls nicht beigebracht, Pferde nach ihrer Meinung zu fragen, so viel war klar. Anna, Franzi und Alex waren alle durch Reitlehrer Webers harte Schule gegangen, und Anna konnte sich nicht erinnern, dass der jemals etwas Derartiges erwähnt hatte. Klar, er war ein guter Reitlehrer, sonst hätte es Anna nicht so weit gebracht, aber Anna und ihre Freundinnen waren sich einig, dass sich sein Reitunterricht ein wenig wie eine „Bedienungsanleitung Pferd" anhörte – hier drücken, da ziehen, dann funktioniert's.

Kaum hatte Anna sich auf ihr Zimmer verzogen, klopfte es an ihre Tür. Kristinn kam herein und brachte ihr eine Kanne heißen Tee und Gebäck.

„Mama hat wohl genaue Instruktionen hinterlassen!", meinte Anna grinsend.

„Na klar, sie will ihren Augenstern schließlich in bester Verfassung zurück. Nicht, dass du uns hier verhungerst!", konterte Kristinn.

Anna freute sich sehr, der Teeduft brachte ihr ein Stück Heimat zurück. Sogar Kandis hatte Kristinn aufgetrieben!

„Na, denn viel Spaß beim Schmökern. Ich werde erst gegen Abend zurück sein, wenn du was brauchst, frag Stimmi, der spricht ja gut Englisch. Okay?"

„Aber sicher!", bestätigte Anna.

Kristinn lächelte sie an und verschwand.

Anna nahm den Ordner aus dem Regal, rückte den Lesesessel vors Fenster und machte es sich gemütlich. Ganz hinten hatte sie ein Inhaltsverzeichnis entdeckt, vielleicht fand sie dort etwas über Kristinns Art zu reiten? Anna fuhr mit dem Finger die Liste herunter, bis sie fündig wurde. „Sage mir, wie du reitest ...“ stand da, das hörte sich viel versprechend an. Anna schlug die Seite auf.

„Sage mir, wie du reitest, und ich sage dir, wer du bist“, stand da als Überschrift. Hörte sich geheimnisvoll an, fand Anna, jedenfalls nicht nach Reitlehrer Weber. Sie knabberte einen Keks und las weiter.

„Auf der ganzen Welt gibt es zig verschiedene Reitweisen, unsere deutsche ist also nur eine von vielen. Keine Reitlehre ist einfach nur erfunden worden, vielmehr haben sich im Laufe der Zeit aufgrund unterschiedlicher Notwendigkeiten unterschiedliche Reitweisen entwickelt. Unsere deutsche Reitweise, die zu Unrecht oft auch als ‚Englischreiten‘ bezeichnet wird, hat sich aus der militärischen Gebrauchsreiterei entwickelt – deshalb auch die Kommandosprache beim Abteilungsreiten! Heute ist dieser Reitstil so bekannt, weil er durch Dressur- und Springturniere auf der ganzen Welt verbreitet wurde, doch neben dieser Form von Wettbewerben zu Pferd gibt es zahlreiche andere: das Westernreiten, die Reitweise der Vaqueros in Spanien und der Guardians aus Frankreich beispielsweise. Diese drei Reitstile haben eine Gemeinsamkeit: Es sind Arbeitsreitweisen.

Typisch für alle Arbeitsreitweisen ist die Erziehung und Ausbildung des Pferdes zum selbstständig mitarbeitenden Arbeitskollegen. Während wir unsere Pferde ständig an den Hilfen von Sitz, Schenkel und Zügelhand halten, erhält ein Arbeitspferd immer nur dann Anweisungen in Form von Signalen, wenn etwas Neues gefordert wird, etwa ein anderes Tempo oder eine Richtungsänderung. Arbeitsreitweisen sind bei Freizeitreitern so beliebt, weil sie für Pferd und Reiter besonders schonend sind, sie sind allerdings nicht einfacher zu erlernen oder aus anderen Gründen weniger anspruchsvoll.

Ursprünglich betrieben die – zweibeinigen – Isländer ebenfalls eine Arbeitsreitweise, doch der zunehmende Austausch mit anderen, kontinentalen Reitweisen führte im Laufe der letzten Jahrzehnte zu einer zunehmenden Annäherung zwischen dem isländischen Reitstil und der deutschen Reitweise. Heute werden Jungpferde im Signalreiten angeritten und später, je nach Ausbildungsziel, mit unterschiedlichen Methoden weitertrainiert. Du siehst also: Die Reitweise verrät eine Menge über den Reiter. Früher war klar: Westernreiter kamen aus den USA, Vaqueros aus Spanien, Dressurreiter im deutschen Stil natürlich aus Deutschland.

Nebenbei bemerkt: Wusstest du, dass es auf der Welt mehr töltende als dreigängige Pferderassen gibt? Dass bei uns früher töltende oder Pass gehende Pferde weit verbreitet waren, bis die militärische Reiterei sie verdrängte? Tölt lässt sich nämlich, anders als Trab, nur sehr schwer in einer einheitlichen Geschwindigkeit reiten. Und weil beim Militär natürlich brav in Reih und Glied geritten wurde, waren Tölter unbrauchbar und verschwanden in der Versenkung. Bis die Islandpferde zu uns kamen!“

Nachdenklich klappte Anna den Ordner zu. Eine Antwort auf ihre Frage hatte sie zwar nicht gefunden, aber nun wusste sie wenigstens, warum Kristinns Art zu reiten gleichzeitig so vertraut und so fremd wirkte: vertraut, weil vieles sie an Dressurreiten erinnerte, fremd, weil allem ein ganz anderer Reitstil zu Grunde lag.

Anna schüttelte den Kopf. Das war ihr zu viel Theorie! Alles interessant, aber sie wollte doch einfach nur gut reiten, wollte mit ihrem Pferd eins werden. Dass zu diesem Ziel verschiedene Wege führten, hatte sie inzwischen kapiert. Es half alles nichts, sie würde auf Kristinns Erklärung warten müssen. Hoffentlich konnte sie ihr zeigen, wie Dalur geritten werden wollte. Anna hatte schon wieder ganz vergessen, dass sie Dalur nach ihrem Unglücks-Ritt als unkorrigierbar stures Pony abgeschrieben hatte!

Endlich rumpelte draußen der Geländewagen mit dem Hänger auf den Hof. Entschlossen warf Anna ihren dicken Ordner aufs Bett und stand auf. Genug Theorie für heute! Kristinn konnte sicher Hilfe beim Ausladen gebrauchen, und nach Dalur wollte sie auch noch einmal sehen. „Ich werde ihm sagen, dass er nicht mehr durch meine Träume galoppieren soll!“, murmelte Anna vor sich hin. „Ob er mich versteht? Oder muss ich doch erst Isländisch lernen?“

Eine seltsame Reitstunde

Bis Anna ihre Stiefeletten angezogen hatte und auf den Hof gestürzt war, hatte Kristinn schon die Laderampe herabgelassen. Rund um den Hänger war ein richtiges Empfangskomitee versammelt: Siggi, Thordis, Andri und Hafdis standen dort mit erwartungsvollen Gesichtern, während Stimmi im Hänger beruhigend auf ein erregt wieherndes Pferd einredete.

„Soll ich den roten Teppich ausrollen und der Blaskapelle Bescheid sagen?", fragte Anna lächelnd. „Ihr scheint ja eine richtige Berühmtheit aus der Klinik geholt zu haben. Wenn ich den Hänger sauber mache, kriege ich dann ein Autogramm?"

Kristinn grinste. „Autogrammstunde nur dienstags zwischen fünf und sechs, du Witzbold. Jetzt stell dich lieber an die andere Seite der Rampe und stütz unser Opachen, falls er beim Ausladen Probleme hat."

Anna ging auf die linke Seite der Rampe, während Kristinn rechts stand. Stimmi hatte den Zappelphilipp inzwischen losgebunden und gewendet. Aus dem dunklen Hänger taperte mit kurzen Schritten ein schneeweißes Pferd auf die Rampe, hielt dort kurz inne und wieherte erneut. Rundherum antworteten alle Pferde des Hofes, aus dem Stall und von den Paddocks ließen sie ein vielstimmiges Begrüßungsgejubel hören. Der Schimmel nahm dies würdevoll zur Kenntnis und schickte sich dann an, die Rampe herunterzuschreiten.

Anna betrachtete ihn aufmerksam. Sein Kopf wirkte knochig, der Rücken war leicht eingesenkt und seine Hüftknochen standen ein wenig hervor. Seine Augen aber blitzten lebhaft und obwohl er ein wenig tattrig wirkte, schien er nicht wirklich krank zu sein.

„Was hat er denn, der Schimmel? Und warum gibt es um ihn einen solchen Wirbel? Ist er etwas Besonderes?“ Anna hatte mindestens einen feurigen Deckhengst erwartet, wenn schon der ganze Hof zusammenlief.

„Klar ist er etwas Besonderes! Also, darf ich vorstellen: Silfri, Wallach, seines Zeichens ältestes Pferd von Högniholt. Er hat in der Klinik einen vereiterten Zahn gezogen bekommen, jetzt geht es ihm wieder gut. Silfri – Anna, Anna – Silfri!“, machte Kristinn die beiden spaßhaft miteinander bekannt, und Anna erwiderte ernsthaft: „Freut mich sehr, Silfri. Wie ist das werte Befinden?“

Kristinn antwortete für Silfri. „Danke der Nachfrage, junge Dame, ich fühle mich wie höchstens fünfundzwanzig!“

Verblüfft fragte Anna: „Wie alt ist er denn, dein Silfri?“, und schnappte nach Luft, als Kristinn „Zweiunddreißig“ antwortete. Zweiunddreißig Jahre alt! So ein altes Pferd hatte Anna noch nie gesehen, das älteste Pferd in ihrem Reitstall daheim war Fidelio gewesen, und der war gerade mal sechzehn. Geradezu ein Jungspund, verglichen mit diesem Pferde-Methusalem!

„Ich wusste gar nicht, dass Pferde überhaupt so alt werden können, oder ist das nur bei Isländern so?", fragte Anna verwundert.

„Nö, eigentlich nicht. Zweiunddreißig ist zwar ein biblisches Alter, aber zwanzig, fünfundzwanzig Jahre alt werden Pferde schon. Wenn man sie lässt!", antwortete Kristinn.

Anna wollte lieber nicht nachhaken, wie das gemeint war. Einige Pferde fielen ihr ein, die plötzlich nicht mehr da gewesen waren, deren Boxen auf einmal leer standen. Kaputte Beine, verbraucht, krank im Rücken hieß es dann. Oder: Die Operation hätte sich nicht mehr gelohnt, zu teuer. Benny hatte es mit neun Jahren erwischt, Biene wurde immerhin zwölf und Gabrielle gerade mal sieben. Anna seufzte.

Kristinn schubste sie leicht. „Sei nicht traurig. Ich glaube, Silfri macht eine Ausnahme und gibt dir auch heute ein Autogramm! Magst du ihn in den Stall bringen? Stell ihn zu Stjarna und dem Fohlen, die Junghengste mag ich meinem Opi nicht zumuten."

Schnell hatte Anna Silfri in den Stall gebracht. Das kleine Fohlen machte beim Anblick des fremden weißen Pferdes aufgeregt Kaubewegungen in der Luft, eine Unterwerfungsgeste, wie Anna wusste. Silfri kümmerte sich nicht um den Winzling, sondern marschierte schnurstracks zur Heuraufe und begann zu futtern.

„Na, da macht das Kauen wieder Spaß, mein Alter, stimmt's?", lachte Kristinn, die hinter Anna den Stall betreten hatte. Dann wandte sie sich an ihren Gast:

„Der Rest des Tages gehört dir, Anna. Wir sind früher zurück, als ich dachte, es ist lange hell, also – womit sollen wir anfangen?“

Anna fasste sich ein Herz. „Kannst du mir zeigen, wie ich Dalur reiten soll? Ich bin überhaupt nicht mit ihm klargekommen. Er ist durchgegangen und hat mich abgeworfen, aber ich kapier nicht, warum! In meinem Ordner steht auch nichts Gescheites drin, nur so ein paar Sätze übers Signalreiten und Arbeitsreitweisen und so und dass es früher auch in Deutschland Tölter gab und dass es auf der Welt mehr töltende als dreigängige Rassen gibt und …“

„Stopp! Halt! Einmal Luft holen, bitte!“ Kristinn lachte. „Finde ich toll, wie du dich reinkniest, aber vergiss nicht: Reiten hat mehr mit Fühlen als mit Wissen zu tun. Also, ich zeige dir gerne, wie Dalur geritten werden will, aber das wird nicht von jetzt auf gleich gehen. Dalur ist ein Fünfgänger, und bis du das mit der Gangschaltung raus hast, wird es eine Weile dauern. Du bist ja bisher nur dreigängige Pferde geritten. Also lassen wir Tölt und Rennpass erst einmal weg, bis du dich mit Dalur angefreundet hast.“

Anna war enttäuscht. „Soll das heißen, ich muss ganz von vorne anfangen? Kannst du mir nicht gleich eine richtige Reitstunde auf Dalur geben?“

„Cool bleiben, Anna, natürlich bekommst du eine richtige Reitstunde. Vermutlich nicht so, wie du es gewöhnt bist, aber Dalur und ich werden uns alle Mühe geben. Vertrau mir einfach.“

Was sollte Anna darauf noch erwidern? Sie nickte nur. „Okay, einverstanden. Also?"

„Also schnappst du dir jetzt Dalur, der hat ja heute morgen nicht viel gearbeitet. Sattel und Trense drauf und dann ab in die Reitbahn. Vergiss deinen Helm nicht!"

In Rekordzeit hatte Anna Dalur geputzt, gesattelt und aufgetrenst. Kristinn wartete schon in der Reitbahn auf sie und kraulte den langmähnigen Rappen zur Begrüßung freundschaftlich am Widerrist. Anna zog den Gurt nach und wartete dann mit roten Wangen und klopfendem Herzen auf Kristinns Anweisungen.

„So, jetzt zeige ich dir erst mal, wie du ohne Flaschenzug und Strickleiter auf jedes Pferd kommst. Stell dich neben das Pferd und sieh nach vorne. Eine Hand greift in die Mähne, die andere vorne ans Sattelblatt der anderen Seite. Stell den Fuß in den Steigbügel und drück das Knie gegen die Pauschen. Und hopp! Schon bist du oben!"

Ein wenig ungeschickt kam sich Anna schon vor, und das, obwohl Dalur viel kleiner war als Pierot. Schnell schlüpfte Anna wieder aus den Steigbügeln und sprang mit Schwung ab. „Noch mal", verlangte sie, „das war nix."

Kristinn grinste. „Du wirst sehen, so ist es viel bequemer und sicherer, da du dein Pferd die ganze Zeit im Auge hast. Und Dalur findet es auch angenehmer!"

Beim zweiten Versuch war Anna mit sich zufrieden. Geschmeidig war sie in den Sattel geglitten und hatte sofort den Steigbügel gefunden. Dalur spielte mit den Ohren und lies ein leises Prusten vernehmen. Als Anna ihn mit einem gemurmelten Lob am Widerrist kraulte, seufzte er zufrieden auf.

„Und nu?“ Fragend blickte Anna zu Kristinn.

„Und nu schließt du erst mal beide Augen und entspannst dich. Hier gibt es keine Noten und Dalur nimmt es dir nicht übel, wenn du einen Fehler machst. Er ist das freundlichste Pony, das ich kenne.“

Beinahe wäre Anna beleidigt gewesen – so dämlich würde sie sich schon nicht anstellen! Doch dann dachte sie an ihren unrühmlichen Abgang vom Vormittag und kriegte sich wieder ein. Gehorsam schloss sie beide Augen und wartete auf Kristinns Anweisungen.

„Nimm dir Zeit, richtig im Sattel anzukommen. Achte auf die Atemzüge deines Ponys. Fühle, ob du ganz symmetrisch im Sattel sitzt. Spüre dein Sitzdreieck, also die drei Knochenpunkte, mit denen du den Sattel belastest. Ist deine Ferse der tiefste Punkt und bilden Schulter, Hüfte und Absatz eine Linie? Hast du das Gefühl, die Verbindung zwischen Zügelhand und Pferdemaul ist rechts und links gleich stark? Weißt du, was ich meine?“

So ganz sicher war Anna sich nicht, aber sie nickte kurz. Tatsächlich, sie saß nicht ganz gerade im Sattel, sondern konnte ihren linken Sitzbeinhöcker deutlicher spüren als den rechten. Auch die linke Ferse schien tiefer zu sein als die rechte. Anna stützte sich mit ihrem Gewicht ein wenig auf den rechten Steigbügel und schon war alles im Lot.

„Richtig so, hast du super gemerkt, Anna. Du warst etwas schief, das kam noch vom Aufsitzen. Erinnere mich bitte dran, dass wir nächstes Mal das Aufsitzen von rechts üben."

Anna schluckte. Das konnte ja heiter werden!

„Da reden wir nachher drüber, warum das wichtig ist. Wenn du so weit bist, gibst du die Zügel etwas nach, spannst die Waden an und schnalzt kurz. Okay? Alles piano, bitte, nicht mit der Holzhammermethode."

Anna gab nach, spannte an und schnalzte. Dalur stiefelte in einem flotten Schritt los und Anna öffnete die Augen.

„Nix da, die bleiben zu, du wirst uns beiden schon blind vertrauen müssen", rief Kristinn sofort.

Anna fand das Schrittreiten auf Dalur ungewohnt schaukelig und fast ein wenig unheimlich, obwohl der Wallach ohne Eile seine Runden zog. Doch schon nach wenigen Metern merkte sie, wie deutlich sie jeden Schritt von Dalur wahrnehmen konnte, jeden Atemzug, jede Bewegung seines Rückens. Auch ihre eigenen Hilfen spürte sie viel deutlicher und es gelang ihr, ganz gerade und aufrecht im Sattel zu sitzen.

„Halte deine Beine ruhig, Anna, der Dalur ist kein Schnitzel, der muss nicht durchgeklopft werden. So wenig wie möglich, so viel wie nötig, so solltest du alle deine Hilfen geben."

Anna bemühte sich sehr, ebenso aufrecht und ruhig im Sattel zu sitzen wie Kristinn. Die rief sie nach ein paar Minuten zu sich. „Jetzt geht es ans Eingemachte,

Anna. Mach ruhig wieder die Augen auf, damit du keinen Herzklaps bekommst." Und damit hielt Kristinn Dalur an, zog ihm flugs das Zaumzeug aus und hielt Anna einen großen Kunststoffring entgegen, der ein wenig wie ein Hula-Hoop-Reifen aussah.

Anna sah sie verwirrt an. Was sollte sie denn damit?

„Hast du noch nie vom Reiten mit Halsring gehört? Na, macht nichts!" Schnell hatte Kristinn den Ring über Dalurs Kopf gestreift und Anna angewiesen, ihn mit beiden Händen so zu greifen, wie sie normalerweise die Zügel halten würde.

„Und jetzt hätte ich gerne, dass du Dalur selbstständig reitest, so, wie du deinen Pierot reiten würdest. Aufwärmen im Leichttraben, dabei immer wieder zwischen ganzer Bahn und Zirkeln abwechseln, Handwechsel, dasselbe auf der anderen Hand. Anschließend viele Übergänge reiten und auf beiden Händen kurz galoppieren. Fummel dich ein bisschen rein, ich lasse dich erst mal alleine. In fünfzehn Minuten komme ich zurück."

„Ja, aber wie soll ich denn reiten, ohne Zügel?", stammelte Anna fassungslos.

„Oh, das ist kein Problem. Beim Reiten auf gebogenen Linien legst du den Ring außen an Dalurs Hals, und wenn er langsamer werden soll, gibst du ein wenig Druck auf seine Halsunterseite. Halte den Ring immer auf Halsmitte. Setz Schenkel- und Gewichtshilfen ein, wie du es gewohnt bist, nur vielleicht ein bisschen sparsamer. Nur keine Bange, du findest dich bald zurecht."

Sprach's und entschwand Richtung Stall, eine ziemlich hilflose Anna zurücklassend. Das war ja wohl der absonderlichste Reitunterricht aller Zeiten!

„Na, dann komm, Dalur. Ich soll mich zurechtfummeln, also fummeln wir!“ Mutig spannte Anna die Waden an und ritt los. Erst einmal schön auf dem Hufschlag an der Bande entlang, doch bald fühlte sie sich sicherer und wendete Dalur mit leichtem Druck auf die Zirkellinie ab. Nur sauber alle Zirkelpunkte ansteuern, kein Osterei reiten! Aus dem Zirkel wechseln? Kein Problem für Dalur, der aufmerksam mitarbeitete. Hm, nun wäre es eigentlich an der Zeit, mit der Trabarbeit anzufangen, doch Anna musste sich erst innerlich einen kleinen Schubs geben. Ob Dalur wohl mit ihr durchging? Sich nicht mehr halten ließ? Schließlich hatte Anna so gut wie nichts in der Hand! Doch Dalur dachte überhaupt nicht daran, sondern trabte gehorsam und punktgenau an, als Anna die Waden erneut anspannte und kurz schnalzte. Mein lieber Schwan, war das ein Gewusel! Anna kam mit dem Leichttraben überhaupt nicht mit, doch als sie Dalur durch leichten Druck mit dem Ring signalisierte, er möge doch einen Gang zurückschalten, war auch das kein Problem.

Sorgfältig und hoch konzentriert trabte Anna leicht, immer auf dem richtigen Fuß, wärmte Dalur auf langen Linien auf und wechselte nach ein paar Minuten die Hand. Langsam breitete sich ein strahlendes Lächeln auf ihrem Gesicht aus. Das machte total Spaß! Dalur trippelte so fleißig, als ob er Kilometergeld bekäme, die Sonne strahlte und Anna fühlte sich so leicht und frei wie noch nie. Ob sie mal angaloppierte? Noch bevor sie überlegen konnte, ob sie sich das traute oder nicht, hatte Dalur schon einen leichtfüßigen Schaukelgalopp eingelegt. Anna ließ sich tragen, schloss die Augen und reckte ihr Gesicht zur Sonne.

„Nicht dass du abhebst, Anna, vielleicht binde ich dir sicherheitshalber eine Schnur ans Bein!“ Kristinn war unbemerkt zurückgekommen und beobachtete Anna zufrieden.

Anna öffnete die Augen, setzte sich kurz schwerer in den Sattel, zog leicht am Halsring und Dalur parierte sauber durch. Genau vor Kristinn kamen sie zum Stehen. Anna war sehr stolz und krabbelte Dalur feste am Widerrist. „Du bist klasse, weißt du das?“, flüsterte sie ihm leise ins Ohr.

„So, dann wollen wir mal“, meinte Kristinn fröhlich. „Trab an, sitze aus und reite ganze Bahn. An der nächsten langen Seite Schulterherein, bitte.“

Anna nahm sich Zeit, korrigierte erst einmal ihren Sitz, wie Kristinn es ihr gezeigt hatte, und trabte dann aus dem Halten an. Mit langem Bein saß sie Dalur aus, was nicht leicht war. Durch seine kurzen Fesseln hatte er einen ziemlich harten Trab.

Schulterherein – ohne Zügel? Na, wenn Kristinn es sagte, musste es wohl gehen. Sorgfältig ritt Anna um die Kurve, legte den Ring leicht außen an Dalurs kräftigen Hals, trieb mit dem inneren Schenkel am Gurt und legte den äußeren Schenkel verwahrend hinter den Gurt. Und siehe da, es klappte, ein bisschen zumindest. „Die

Abstellung reicht noch nicht, Anna. Setze deutlichere Gewichtshilfen ein, dann versteht er dich besser! An der nächsten langen Seite noch einmal. "

Kristinn war unerbittlich, erst beim vierten Anlauf war sie zufrieden. „Aus der Ecke kehrt, nach dem Handwechsel wieder Schulterherein an den langen Seiten."

Anna schwitzte, Dalur schnaubte zufrieden und beide arbeiteten konzentriert nach Kristinns Anweisungen. Galopp auf der Zirkellinie mit einfachem Galoppwechsel stand danach auf dem Programm, gefolgt von Volten, einfachen und doppelten Schlangenlinien, Schlangenlinien durch die ganze Bahn – Anna schwirrte der Kopf. Dressur vom Feinsten, und das ausgerechnet auf einem Pony! Und ohne Zügel!

Immer wieder griff Kristinn korrigierend ein, verlangte von Anna, mit so wenig Aufwand wie möglich zu reiten. „Deine Hilfen sind wie ein Gespräch mit deinem Pferd. Dalur brauchst du nicht anzubrüllen, bei ihm kannst du flüstern. Probier es aus!"Und sie hatte Recht.

Annas Ehrgeiz war geweckt: Von Minute zu Minute, von Übung zu Übung versuchte sie, immer feiner zu reagieren, immer leiser über ihre Hilfen mit Dalur zu sprechen. Kristinn musste sie sogar ermahnen, vor lauter Konzentration das Atmen nicht zu vergessen. Nach einer halben Stunde parierte sie den freundlichen Rappen aus dem Trab zum Halt durch, indem sie einfach ausatmete und sich dabei etwas tiefer in den Sattel sinken ließ – so einfach konnte Reiten sein! Mit strahlenden Augen sah sie Kristinn an, die vergnügt zurückblinzelte.

„Danke, das war toll! Sind alle Islandpferde so?“

Kristinn schüttelte den Kopf. „Dalur ist ein Fall für sich. Bei dem brauchst du die Hilfen manchmal nur noch zu denken. Weißt du jetzt, was heute Morgen schief gegangen ist?“

Anna nickte. „Ich hab den armen Kerl sicher total gestresst mit meinen Hilfen. Ich hab ihn angebrüllt, statt zu flüstern. Vorne gehalten, hinten Stoff gegeben, da musste er ja in die Luft gehen. Tut mir echt Leid!“

Kristinn winkte ab. „Entschuldige dich nicht bei mir, sondern bei Dalur. Und selbst das ist nicht nötig, denn er hat dir ja deutlich gezeigt, was er davon hält. So, und jetzt zäumst du Dalur wieder ordentlich auf und gehst mit ihm noch eine Runde im Schritt ins Gelände, damit er sich entspannt.“

Anna wurde es schon fast wieder mulmig, doch Kristinn bemerkte ihre Bedenken. „Weißt du was? Ich sattle schnell Svaki und komme mit. Wenn ich darf!“

Natürlich hatte Anna nichts dagegen. Und so fand sie endlich Gelegenheit, Kristinn Löcher in den Bauch zu fragen, und nützte dies weidlich aus. Anna wollte so viel wissen: was Tölt und Rennpass eigentlich für Gangarten seien, wie man sie reiten müsse, wie denn die Farbe windfarben aussehe, wer die Stute Raudhetta war ...

Vor lauter Fragen vergaß Anna ganz, weiche Knie zu bekommen, und ritt fröhlich plaudernd durch die weite isländische Landschaft, über die langsam die sanfte Dämmerung eines Sommerabends zog.

Schöner als Fliegen

Als die Sonne Anna am nächsten Morgen mit hellen Strahlen aus dem Bett kitzeln wollte, hatte sie es nicht leicht. Stöhnend verkroch Anna sich unter der Bettdecke und bettelte um Gnade, als Kristinn ihr auch noch Gusti ins Zimmer schickte. Der hatte anscheinend zu viele Lassie-Filme gesehen und meinte den Superhund nachahmen zu müssen. Jedenfalls zog er mit eindrucksvollem Knurren so lange an ihrer Bettdecke, bis Anna entnervt aufgab und sich unter Ächzen und Stöhnen aus dem Bett quälte.

Kristinn rief ihr von unten zu: „Ich hab dir schon ein Bad eingelassen!“, und ging dann ins Esszimmer, wo schon alle zum Frühstück versammelt waren. Siggi und Stimmi grinsten einander viel sagend an, sie ahnten wohl, was Anna plagte: der mörderischste Muskelkater ihres Lebens! Jeder Knochen und jeder Muskel taten ihr weh und Anna kam sich so steif vor wie ein Zinnsoldat. So schlimm war es nicht einmal nach ihrer allerersten Longenstunde gewesen!

Im Badezimmer waren Spiegel und Fenster beschlagen, vor lauter Wasserdampf war die Wanne kaum zu erkennen. Ein würziger Kräuterduft lag in der Luft. Anna quälte sich mühsam aus ihrem Pyjama und tunkte vorsichtig eine Zehe ins Badewasser. Herrje, war das heiß! Aber nach ein paar Minuten hatte sie sich an die Temperatur gewöhnt und räkelte sich wohlig im heißen Wasser, bis die Wärme in jeden Winkel ihres zerschlagenen Körpers gedrungen war. Nach zwanzig Minuten hatte das heiße Bad seine Arbeit getan und Anna schaffte es sogar, sich die Schuhe zu binden, ohne in Jammergeschrei auszubrechen.

Unten war es still, alle waren schon ausgeflogen, nur Thordis werkelte singend in der Küche. Auf Annas Platz lag ein Zettel: „12 Uhr, Reitplatz, Dalur. Deine Hausaufgabe bis dahin: Finde heraus, warum die meisten Reiter bei euch daheim nur von links aufsitzen, und überlege, ob das gut so ist. Also bis später, Kristinn."

Richtig, Kristinn hatte ihr ja gestern angedroht, heute müsse sie von rechts aufsitzen. Na toll, da würde sie sicher eine Lachnummer abgeben.

Anna runzelte die Stirn. Ob darüber etwas in ihrer schlauen Mappe stand? Bislang war sie noch nicht über das Thema Aufsitzen gestolpert, das war wohl zu speziell. Ihr war allerdings schon aufgefallen, das Stimmi, Siggi und Kristinn mal von rechts, mal von links aufsaßen und auch beim Absitzen die Seiten wechselten. Sie hätte sich denken können, dass es dafür einen Grund gab. Daheim galten strenge Regeln: Führen, Aufsitzen, Absitzen, alles von links. Auch das war sicher kein Zufall.

Anna musste an das Abteilungsreiten denken, an die Kommandosprache, die selbst bei den kleinen Kindern der Anfängergruppen verwendet wurde: Abteilung, im Arbeitstempo, Terrab, Marsch! Woran erinnerte sie das nur? Richtig, an Franzis Ausführungen über den Ursprung der verschiedenen Reitstile. Franzi – Mensch, das war doch die Idee! Anna schlug sich mit der flachen Hand an die Stirn. Sie würde die Freundin anrufen und ausquetschen, die wusste garantiert Bescheid.

Schnell hatte sie ihr Handy geschnappt, feste Schuhe angezogen und die Weste übergestreift. Ein kleiner Spaziergang müsste ihren Muskeln gut tun, und vom Gipfel des Hügels würde sie bestimmt einen besseren Empfang haben.

„Bist du's wirklich?" Franzi konnte es nicht fassen. „Mensch, du alte Isländerin, wie geht es dir?"

Natürlich musste Anna erst einmal Bericht erstatten. Sie ließ nichts aus – die Telefonrechnung würde astronomisch werden – und erzählte auch von Dalur, der durch ihre Träume gegeistert war und gleichzeitig hier im Stall stand. Von der tollen Reitstunde gestern berichtete sie besonders ausführlich. Zum Glück ging Franzi mit keinem Wort auf Annas Sinneswandel ein und fragte nur interessiert nach, anstatt zu lästern.

„Und nachher bekomme ich noch eine Reitstunde und bis dahin muss ich rauskriegen, warum wir immer von links aufsitzen und ob das gut ist oder nicht. Hängt das irgendwie mit der, na, wie hast du geschrieben, militärischen Gebrauchsreiterei zusammen?", schloss Anna ihre Berichterstattung.

Franzi lachte. „Da bist du auf der richtigen Spur. Stell

dir mal einen Soldaten so vor hundert, zweihundert Jahren vor. Damals trug man Degen oder Säbel. Die meisten Menschen sind ja Rechtshänder und um ihre Waffe ziehen zu können, mussten die Soldaten den Degen ..."

„... links tragen, und der wäre ihnen im Weg gewesen, wenn sie von rechts aufgesessen wären. Ist ja eigentlich logisch!" Anna ging ein Licht auf.

„Also, das Auf- und Absitzen von links ist ein alter Zopf", fuhr Franzi fort, „aber sollte man ihn abschneiden oder nicht? Was meinst du?"

Anna überlegte. Machte das Sinn oder schadete es irgendwie? „Ich weiß nicht", antwortete sie zögernd, „wenn man diese Sitte so lange beibehalten hat, muss doch was dran sein, oder?"

Franzi lachte. „Nö, mir fällt kein einziger stichhaltiger Grund ein. Ich weiß nur, dass ich regelmäßig die Steigbügelriemen tauschen muss, weil der linke durch mein Gewicht immer mehr ausleiert. Und dass ich mich angestellt habe wie der erste Mensch, als ich wegen meines verstauchten linken Knöchels von rechts aufsitzen musste. Da hab ich erst gemerkt, wie steif ich eigentlich bin! Jedenfalls habe ich mir damals vorgenommen, das Aufsitzen von rechts zu üben, aber durchgezogen habe ich es dann doch nicht."

Sieh an, die perfekte Franzi war also gar nicht so perfekt! Anna war ganz still, als Franzi aus der Ferne seufzte. „Ach, Anna, ich beneide dich um deine Ferien! Und ich vermisse dich – ach was, wir alle vermissen dich!"

„Ich vermisse euch auch, das kannst du mir glauben!

Aber hier ist so viel los, ich habe gar keine Zeit zum Traurigsein." Annas Stimme klang ein bisschen rau, sie musste erst einmal tief durchatmen. „Glaub aber bloß nicht, dass ich Pierot untreu werde. Er ist und bleibt mein absolutes Traumpferd. Nur ..." Anna wusste nicht, wie sie ausdrücken sollte, was sie so deutlich fühlte: dass man zwei Pferde gleichzeitig lieben konnte, für den einen eine tiefe, gewachsene Freundschaft empfand, sich aber zu dem anderen auf unerklärliche Weise hingezogen fühlte.

Doch Franzi verstand sie auch ohne große Worte. Sie kicherte. „Ich bin bloß froh, dass wir hier von vierbeinigen Freunden reden, die andere Sorte wird dir noch früh genug Kopfzerbrechen bereiten!"

Anna platzte los. Franzi war zwei Jahre älter und ging seit über einem Jahr fest mit Timo, dem Sohn von Reitlehrer Weber. Sie wusste, wovon sie redete! „Ich kann es abwarten, Franzi!"

Die Freundin war schon wieder ernst. „Du machst dir hoffentlich keine Vorwürfe wegen Pierot, oder? Er wünscht sich bestimmt nicht, dass du ihm noch jahrelang nachweinst."

Anna nickte und merkte dann, dass Franzi sie natürlich nicht sehen konnte.

„Schon", murmelte sie,„bloß – einfach ist es nicht!"

„Hat keiner behauptet, du weißt schon: Das Leben ist eins der Schwersten!"

„Das ist garantiert ein Alex-Spruch!", brummte Anna.

Franzi kicherte. „Klar, Originalton Alex, und damit

machen wir besser Schluss, bevor deine Telefonrechnung sämtliche Rekorde sprengt."

„Okay, Franzi. Mach's gut und grüß Pierot von mir!" Anna legte auf. Mit einem tiefen Atemzug sah sie sich um. Doch, sie fühlte sich wohl hier, fast so, als gehöre sie schon ewig hierher. Von unten drang ein lautes Wiehern zu ihr. Ob das Dalur war, der sie an ihre Reitstunde erinnern wollte? Wenn sie vorher noch ihre „Hausaufgaben" zu Papier bringen wollte, musste sie sich beeilen!

Als sie wieder auf dem Hof war, ließ sie sich von Thordis einen Bogen Papier und einen Kuli geben und listete ihre Erkenntnisse ordentlich auf. Oben auf das Blatt schrieb sie: „Hausaufgaben, angefertigt von Anna, überreicht von derselben aus Anlass ihrer zweiten Reitstunde auf Dalur, dem Traumpony und Götterboten." In Schönschrift, mit jeder Menge Schnörkel und Herzchen.

Kristinn lachte sich schlapp, als Anna ihr den Bogen wenig später in die Hand drückte. Doch als sie den Bericht gelesen hatte, nickte sie anerkennend.

„Nun lasst den Worten Taten folgen, oh edle Jungfer, und schwingt Euch von rechts auf Euer Streitross!", frotzelte sie.

Anna konnte vor Lachen beinahe nicht aufsitzen. Sie hatte sich zwar rechts von Dalur aufgebaut, aber aus alter Gewohnheit automatisch den linken Fuß in den Steigbügel gestellt und dann versucht, sich in den Sattel zu schwingen – was natürlich im Chaos endete. Dalur drehte sich verwundert um und betrachtete Kristinn und Anna mit großen Augen.

„Wenn er sich mit dem Finger an die Stirn tippen könnte, würde er es jetzt ganz sicher tun!“, meinte Kristinn, und Anna stimmte ihr zu. Dalur schien förmlich mit den Augen zu rollen angesichts dieser geballten Albernheit. Beim zweiten Versuch aber klappte es dann einigermaßen, und Anna schwang sich unbeholfen in den Sattel. Fragend sah sie Kristinn an, doch die lächelte nur.

„Alles klar!“, meinte Anna ergeben und saß wieder ab, auch nach rechts.

„Du weißt schon, aller guten Dinge sind drei!“, besänftigte Kristinn sie. Und sie behielt Recht, denn beim dritten Mal waren alle drei – Anna, Kristinn und Dalur – zufrieden.

„So, du weißt ja schon, was zuerst kommt. Also?“

„Sitzkontrolle!“, antwortete Anna prompt und setzte sich im Sattel zurecht, bis alles stimmte: Absätze tief, Beine lang, Ferse genau unterhalb von Schulter und Hüfte, Zügel mit gleichmäßigem, sanftem Kontakt in beiden Händen.

„Dalur möchte jetzt erst einmal gut aufgewärmt werden, du weißt ja, wie. Heute darfst du auch die Zügel behalten, denke aber daran, wie feinfühlig er im Maul ist. Packst du ihn einmal zu fest an, verspannt er sich sofort und du wirst die größte Mühe haben, das wieder zu korrigieren. Deshalb gebe ich dir noch folgende Aufgabe: Reite so, dass für mich keine einzige Hilfe sichtbar wird. Okay?“

Anna nickte. Die Fähigkeit, mit feinsten Hilfen zu reiten, war genau der Punkt, der sie bei Kristinn so beeindruckt hatte.

Wie gestern wandte sich Kristinn zum Gehen und warf Anna noch scherzhaft über die Schulter zu: „Gib dir Mühe, ich habe auch hinten Augen, weißt du!“

„Ja, Hühneraugen vielleicht!“, konterte Anna, doch dann konzentrierte sie sich auf ihre Aufgabe. Ganz von alleine schloss sie die Augen. Ein wenig die Waden anspannen, mit dem Zügel leicht nachgeben, und schon war Dalur in einem eifrigen Schritt angetreten. Anna öffnete die Augen und blickte nach vorne. Kristinn sah von der Stalltür zu ihr herüber. „Wenn du nachher antraben willst, musst du gut entlasten, Dalur ist ein Fünfgänger!“, rief sie Anna zu, bevor sie im Stall verschwand.

Gut, dass Anna gestern so viel gefragt hatte, so wusste sie gleich, was Kristinn meinte. Anders als Viergänger, die außer den Grundgangarten Schritt, Trab und Galopp auch noch Tölt zeigten, beherrschte Dalur die Grundgangarten und dazu Tölt und Rennpass. „Das gibt manchmal Probleme mit der Gangschaltung, sozusagen“, hatte Kristinn gestern erklärt, „deshalb musst du Dalur beim Antraben den Weg in die Tiefe frei machen, wenn du mit Zügeln reitest. Heute war es leicht, da hatte er vorne keine Begrenzung und konnte frei traben, aber beim korrekten Reiten musst du ihm ganz deutlich sagen, dass er traben und nicht tölten oder gar einen Gangsalat gehen soll. Also mit den Zügeln schön nachgeben, den Po aus dem Sattel heben und dein Gewicht etwas nach vorne verlagern.“

Doch als Anna nach ein paar Runden im Schritt versuchte, diese Anweisungen umzusetzen, kam alles Mögliche dabei heraus, nur kein Trab. Dalur nahm den Kopf hoch und wuselte in einer undefinierbaren Gangart herum. Aus dem Stall kam Kristinns Stimme: „Schweinepass, Anna, jetzt ist er verspannt. Galoppier ihn aus dem Schritt an, so etwa zwei Runden Galopp, und dann probier's noch mal."

Anna musste lachen, Kristinn schien nicht nur hinten Augen zu haben, sondern auch durch Wände sehen zu können. Dalur sprang auf ihre Galopphilfe sauber an und ließ sich dann wunderbar zum Trab durchparieren. Jetzt nur nichts falsch machen! Doch Dalur fand schnell den Takt und war dann ebenso schön zu traben wie gestern. Viel zu früh kam Kristinn aus dem Stall. Gerne hätte Anna noch alleine weitergeübt, sie fühlte sich immer ein wenig unwohl, wenn man ihr beim Reiten zusah. Doch offensichtlich hatte Kristinn etwas mit ihr vor, denn sie führte Svaki am Zügel.

„Heute wird getöltet, Anna. Wird höchste Zeit, dass du die vielleicht schönste Seite unserer Ponys kennen lernst."

Annas Herz klopfte. Sie durfte tölten! Damit hatte sie nicht so bald gerechnet, denn dass man zum Reiten der Spezialgangarten eine Menge lernen musste, hatte sie schon gemerkt. Aber Kristinn traute ihr offensichtlich viel zu.

Anna und Kristinn lenkten ihre Ponys auf den sanft ansteigenden Weg hinterm Hof. Zufrieden prustend arbeiteten Svaki und Dalur sich eifrig die Anhöhe hinauf. Unterwegs erklärte Kristinn genau, wie sie bei Dalur den Tölt-Knopf finden würde. „Jedes Gangpferd ist ein bisschen anders zu tölten. Mal braucht es mehr Hilfe vom Reiter, mal weniger. Dalur ist ein Super-Tölter, bei ihm musst du vor allem darauf achten, ihn nicht zu stören."

Anna hatte schon gemerkt, dass bei ihrem sensiblen Traumpferd weniger oft mehr war.

„Aber von ganz alleine wird er ja wohl nicht tölten, oder?", hakte sie nach.

Kristinn lachte. „Nein, du wirst ihm schon sagen müssen, was du von ihm willst."

„So wie vorhin beim Trab?"

„Richtig. Zum Antraben hast du entlastet, die Zügel ein wenig nachgegeben und getrieben. Willst du Antölten, treibst du natürlich auch, aber du bleibst fest im Sattel sitzen und gibst einige schnelle halbe Paraden. Die Zügelhilfe richtet dein Pferd auf und setzt es auf die Hinterhand, was im Tölt besonders wichtig ist. Du darfst nur nicht zu viel mit der Hand machen, klar?" Kristinn zog fragend die Augenbrauen hoch.

„Uff, hört sich ganz schön kompliziert an. Bist du sicher, dass ich das schaffe?" Anna fand das korrekte Antraben schon schwer genug!

„Nein, bin ich nicht. Tölten ist eine Kunst, die sich nicht an einem Tag erlernen lässt. Wir fangen heute einfach mal an. Du wirst sehen, Dalur macht es dir leicht. Pferde wie Dalur bemühen sich immer für ihren Reiter."

Die vier waren inzwischen auf der Hügelkuppe angekommen. Vor ihnen fiel das Gelände sanft ab und ein fester, sandiger Weg führte in Serpentinen hinunter ins Nachbartal. Kristinn lenkte Svaki neben Dalur und gab Anna ihre Anweisungen. „Reite Schritt und beschleunige dann stufenlos, ganz allmählich. Gib die Hilfen so, wie ich es dir erklärt habe."

Anna konzentrierte sich. Dalur ging Schritt, doch als Anna ihn weiter antrieb, beschleunigte er in den gleichen schaukeligen Pass wie vorhin.

„Durchparieren!", hieß es. „Jetzt hat Dalur dir genau gesagt, was falsch gelaufen ist. Er hat sich verspannt, weil ...?"

„Weil ich vorne zu viel gehalten habe!" Anna kapierte. „Das hast du also gemeint! Dalur fragen, wie er geritten werden soll – das heißt einfach, wenn ich was falsch mache, sagt er mir das, indem er dann nicht so geht, wie er soll. Und wenn ich es richtig mache, läuft er auch richtig! Ich muss also nur genau aufpassen, wie er auf meine Hilfen reagiert, dadurch sagt er mir, wie er geritten werden will. Logisch!" Anna war begeistert.

„Na ja, ganz so leicht ist es nicht, Anna", schränkte Kristinn ein. „Meist gibt es eine Million möglicher Gründe, warum es nicht klappt."

„Los, Kristinn, gleich noch mal!" Anna wollte nicht reden, sondern tölten! Hoch konzentriert gab sie Schenkelhilfen, setzte sich tief in den Sattel und zupfte vorne ganz zart an den Zügeln. Als Dalur schneller wurde, hielt Anna den Atem an. Würde er wieder in den unerwünschten Pass fallen? Aber Dalur war mit seiner Reiterin offensichtlich zufrieden und hatte verstanden, was sie von ihm wollte. Flüssig beschleunigte er aus dem Schritt und ehe Anna recht begriff, was da passierte, schwebte er im schönsten Tölt den schwach abfallenden Weg hinunter. Anna strahlte.

„Nicht festhalten, Anna, ganz leicht in der Hand. Und treiben!“, rief Kristinn ihr hinterher. Sie hatte Svaki hinter Dalur gehalten, um Anna besser im Auge zu haben.

Anna ritt wie im Traum. Vor ihr erstreckte sich die unendliche Weite der isländischen Landschaft, sie schmeckte die kalte, würzige Luft, in ihren Ohren klang das Getrappel der Hufe wie ein Lied, und unter ihr tanzte Dalur im Tölt mit müheloser Energie. Der kleine Rappe schien förmlich zu vibrieren, er hatte den Kopf erhoben, seine Mähne flatterte im Wind und er prustete immer wieder zufrieden. Kristinn und Svaki hatten zu Anna und Dalur aufgeschlossen. Die beiden Reiterinnen tauschten einen Blick und grinsten sich an. Kristinn zog fragend die Augenbrauen hoch, und Anna nickte kurz.

„Schön, nicht wahr?“

„Und wie! Unbeschreiblich!“

Viel zu früh endete der Weg am Fuß des Hügels in einer sumpfigen Wiese. Kristinn und Anna parierten ihre Pferde zum Schritt durch und lenkten sie vorsichtig durch den Morast. Anna strahlte immer noch. Ein ums andere Mal kraulte sie Dalur am Widerrist, strich ihm zärtlich über den Mähnenkamm und flüsterte ihm zu: „Du bist einfach klasse, weißt du das?“ Dalur prustete zufrieden, offensichtlich war er ganz ihrer Meinung.

Langsam wanderten Svaki und Dalur über die Wiese zurück zum Hof.

Anna war noch ganz erfüllt von ihrem traumhaften Ritt. „Das hätte ich nie gedacht, das Tölt sich so toll anfühlt!“

„Tölten macht süchtig“, erklärte Kristinn ernsthaft, „wer einmal einen guten Tölter geritten ist, kommt nicht mehr davon los. Aber glücklicherweise ist es eine Sucht, die froh macht, nicht krank!“

Anna nickte lachend. „Und eine, die sofort abhängig macht! Wann kriege ich meine nächste Dosis?“

„Du armes Kind, du!“ Kristinn runzelte in gespielter Besorgnis die Stirn. „Tja, da wird mir wohl nichts anderes übrig bleiben, als täglich mit dir zu reiten. Schließlich bin ich ja dafür verantwortlich, dass du der Tölt-Sucht verfallen bist!“

„Eigentlich eher dem Dalur-Bazillus. Ich finde ihn einfach toll, den Zwerg!“

„Wen nennst du einen Zwerg? Sei bloß froh, dass Dalur nur Isländisch spricht, sonst würde er dich glatt absetzen!“ Kristinn drohte Anna spaßhaft mit erhobenem Finger. Dann wurde sie wieder ernst. „Also, du kannst Dalur täglich reiten, das ist abgemacht. Sooft ich kann, werde ich dir Unterricht geben, aber dafür erwarte ich von dir Mithilfe auf dem Hof. Alles klar?“

Anna nickte. „Abgemacht!“ Sie ahnte nicht, was sie sich mit diesem leichtfertig gegebenen Versprechen eingehandelt hatte!

Eine anstrengende Zeit

Am nächsten Morgen klopfte es schon um sechs Uhr an Annas Tür. „Aufstehen! Die Ponys warten!"

Anna rieb sich den Schlaf aus den Augen und schlüpfte aus dem Bett. Rein in die Stallklamotten, im Bad schnell die Zähne geputzt und dann ab in den Stall. Siggi drückte ihr eine Art Schneeschieber in die Hand, damit sollte sie den befestigten Bereich vor dem hölzernen Fressgatter reinigen. Das ging recht flott, schnell hatte Anna die lange Betonplatte sauber geschoben, während Siggi das Heu vor die Fressgitter legte. Die Ponys waren abgetrennt worden und warteten bereits ungeduldig auf ihr Frühstück. Als Anna die Abtrennung öffnete, um die hungrigen Ponys zum Fressgatter zu lassen, hörte sie von draußen fröhliches Pfeifen. Kristinn kam vom Reiten zurück, wechselte mit wenigen Handgriffen Sattel und Zaumzeug von einem zum anderen Pferd und ritt dann, immer noch pfeifend, wieder davon, während Stimmi ihr Pferd versorgte und das nächste Jungpferd putzte. Bis Anna und Siggi im Stall fertig waren, hatte Kristinn bereits drei Pferde geritten. Als es endlich zum Frühstück ging, knurrte Anna vernehmlich der Magen.

Kristinn blinzelte ihr zu. „Ich habe immer ein paar

Müsliriegel im Stall, für Notfälle. Morgen zeige ich dir, wo sie liegen."

„Wenn es dann nicht schon zu spät ist!", seufzte Anna. „Ich hab Kohldampf, ich könnte ..."

„Ein Schwein reißen, ich weiß!", ergänzte Kristinn lachend. „Schwein steht heute Morgen nicht auf dem Speiseplan, aber du kennst ja Thordis Vorstellung von einem guten Start in den Tag."

„Und ob!" Anna grinste. „Wenn ich direkt nach dem Frühstück reiten müsste, würde Dalur glatt zusammenbrechen."

„Das können wir auf keinen Fall riskieren. Wer sollte Högniholt dann auf dem Turnier nächsten Monat würdig vertreten?"

Anna verschluckte sich an ihrer Milch und musste husten. „Dalur startet auf einem Turnier? Ehrlich? Ja, schadet es ihm dann nicht, wenn ich ihn vorher reite? Ich mache doch sicher noch viel falsch! Wäre es nicht besser für ihn, wenn du ihn reitest?"

„Nein, wieso? Du willst doch schließlich gut vorbereitet sein für dein erstes Isländerturnier. Dann musst du halt fleißig üben!" Kristinn beschäftigte sich eingehend mit ihrem Wurstbrot, als ob es nichts Wichtigeres auf der Welt gäbe.

Anna schluckte. Hatte sie sich verhört? Sie, nicht Kristinn, sollte Dalur reiten? Kristinn lächelte. „Keinen Hunger?", fragte sie verschmitzt.

Anna war immer noch sprachlos und konnte sie nur mit weit aufgerissenen Augen ungläubig ansehen.

„Tja, wenn du nicht willst, also, du musst natürlich nicht. Ist schon okay. Obwohl – es wäre echt schade." Kristinn widmete sich mit gespielter Enttäuschung wieder ihrem Frühstück, doch Anna schnappte nach Luft.

„Natürlich will ich, Mensch, das wäre ja ... Wahnsinn, Dalur und ich auf einem Turnier ... aber ob ich das schaffe?" In Annas Kopf überschlugen sich die Gedanken.

Kristinn nickte nur. „Fein, das wäre also geklärt. Du startest mit Dalur, ich bereite euch beide vor und dass du auf dem Hof hilfst, haben wir ja schon abgemacht."

„Klar, ich weiß!" Mit einem Mal war Anna ganz ernst. „Warum?", fragte sie bloß, während ihr die Tränen in den Augen standen. Warum vertraute ihr Kristinn Dalur für so eine wichtige Aufgabe an? Dalur war ein ganz besonderes Pony, eines, das ein schlechter Reiter in null Komma nix verderben könnte. Und bis vor ein paar Tagen hatte sie doch überhaupt nichts von Kristinns Islandponys wissen wollen. Sie hatte es eigentlich nicht verdient, ein so tolles Pony wie Dalur auf einem Turnier vorstellen zu dürfen!

„Warum nicht?", fragte Kristinn schlicht zurück. „Du magst Dalur, Dalur mag dich, meine Bereiter und ich haben mit dem Vorstellen der Zuchttiere genug zu tun – also, warum nicht?"

„Aber so einfach ist das doch nicht!", protestierte Anna. „Was ist, wenn ich alles falsch mache?"

„Tja, in diesem Fall würde das natürlich den sofortigen Weltuntergang nach sich ziehen!", scherzte Kristinn, doch dann fügte sie leise hinzu: „Ich erwarte von dir, dass du dir Mühe gibst, Anna, mehr nicht."

Anna fiel ein Stein vom Herzen. Mit strahlenden Augen saß sie am Frühstückstisch und konnte ihr Glück kaum fassen. Was für eine tolle Aufgabe! In Gedanken sah sie den Turnierplatz schon vor sich, hörte die Musik, sah Dalur, wie er eifrig, mit wehender Mähne und stolzem Blick mit ihr im Sattel um die Bahn fegte, konnte die Aufregung spüren, den Geruch nach Pferden und Pferdeschweiß riechen ...

Kristinn stupste sie an. „He, hier wird nicht geträumt, die Ponys warten auf uns. Die Arbeit ruft!" Sie lächelte Anna an.

„Na, denn mal los!" Anna sprang von ihrem Stuhl auf und folgte Kristinn nach draußen.

Während Siggi und Stimmi die ersten Pferde putzten und sattelten, hockten sich Kristinn und Anna auf den Holzzaun des Auslaufs und schmiedeten Pläne. Anna sollte Dalur entweder in einer Viergangprüfung oder einer Töltprüfung vorstellen.

„Im Viergang stellst du dein Pferd im Tölt, Trab, Schritt und Galopp vor, bei der Töltprüfung zeigst du Arbeitstempo Tölt auf der einen und beliebiges Tempo Tölt auf der anderen Hand. Theoretisch könntest du beide Prüfungen nennen, aber vielleicht ist es besser, du konzentrierst dich auf einen Wettbewerb. Immerhin bist du noch Neuling in Sachen Islandpferd."

Das fand Anna vernünftig und so musste sie nicht lange überlegen. „Am besten nenne ich die Töltprüfung, dann bekomme ich wenigstens keine Probleme mit der Gangschaltung. Und wie läuft so eine Töltprüfung genau ab?“

Kristinn hob abwehrend die Hände. „Erkläre ich dir alles noch, erst einmal zu deinen Aufgaben. Also, du hilfst morgens im Stall, vormittags gehst du mir zur Hand, nach dem Mittagessen hast du frei bis zur Abendfütterung. Danach gebe ich dir Unterricht auf Dalur, wenn ich Zeit habe. Ansonsten kannst du ihn nachmittags alleine reiten, einverstanden?“

Uff, das hörte sich nach jeder Menge Arbeit an. „Und was muss ich vormittags tun?“, fragte Anna vorsichtig.

„Wir stellen beim Turnier ein paar Zuchtpferde vor. Siggi und Stimmi kümmern sich um die Pferde, die unter dem Sattel gezeigt werden sollen. Ich trainiere die beiden Junghengste Atli und Nidur und einige Jungstuten für die Zuchtschau und dabei kannst du helfen. Wie, zeige ich dir noch. Wir fangen heute an.“

Anna nickte. Sie hatte zwar keine Vorstellung, was sie erwartete, aber es hörte sich interessant an.

Und das wurde es auch!

Siggi und Stimmi ritten gerade mit ihren Berittpferden vom Hof, als Kristinn und Anna vom Zaun kletterten und zurück in den Stall gingen. „Ich zeige dir, was du mit Molda tun musst, Anna“, meinte Kristinn, als sie ein Halfter vom Haken nahm.

Gemeinsam gingen sie zum Stutenstall, wo Kristinn durch das Fressgatter in den Auslauf schlüpfte. Unruhig liefen die Stuten durcheinander.

„Diese hier, die Falbstute, das ist unsere Molda. Die Lehmfuchsstute da drüben heißt Hrisla, die kugelrunde helle Fuchsstute mit der Schnippe dort ist Fjörgin und hier haben wir noch Sara, eine Rappstute. Wirst du dir diese vier merken können?“, fragte Kristinn.

Anna nickte. Im Auslauf standen nur zehn Stuten, und „ihre“ vier waren leicht zu erkennen. Kristinn hatte sich langsam der Falbstute genähert, die sie abwartend beäugte. Kristinn redete beruhigend auf sie ein, ließ sie an ihrer ausgestreckten Hand schnuppern und kraulte sie dann bedächtig unter dem Schopf. Molda senkte den Kopf und seufzte wohlig. Mit langsamen Bewegungen streifte Kristinn ihr das Halfter über und führte die Stute zum Ausgang. „Molda ist schon gut halfterführig, das musst du den anderen erst noch beibringen. Mit Molda waren wir nämlich letztes Jahr auf der zentralen isländischen Zuchtschau. Sie hat dort in ihrer Altersklasse den ersten Preis gewonnen!“

Anna war beeindruckt. Kristinn band Molda mit einem Sicherheitsknoten an einem fest in die Stallmauer eingelassenen Ring an. Der Putzplatz war mit einer dicken Gummimatte ausgelegt, damit unruhige Jungpferde sich beim Scharren oder gar bei einem Sturz nicht verletzen konnten.

„Sieh her, Anna. Deine Aufgabe ist es, die Jungstuten vorzubereiten und ihnen gleichzeitig beizubringen, dass wir Menschen ihre Freunde sind. Du putzt sie, immer schön ruhig, mit langen Strichen und zeigst ihnen dadurch, dass du sie magst. Halte dich immer dicht am

Pferd, auch bei sehr unruhigen Jungtieren. So kann dir nichts passieren, wenn eines mal einen Hüpfer macht oder dich anrempelt. Keines meiner Pferde wird gezielt nach dir treten oder dich beißen, da kannst du beruhigt sein. Rede mit ihnen, halte ständig Kontakt über deine Stimme und deine Hände. Übe das Hufe auskratzen, das ist sehr wichtig. Und jetzt komm mit in den Longierzirkel. Ich zeige dir, wie du sie führen musst."

Kristinn holte Handschuhe und eine lange Gerte aus der Sattelkammer und dirigierte Molda dann in den Longierzirkel. Dort zeigte sie Anna, wie richtig geführt wurde und wie sie den jungen Ponys beibringen konnte, sich immer neben ihr zu halten. Molda durfte nicht vorausstürmen, sich aber auch nicht hinterherziehen lassen. Anhalten, Wenden, Antraben, wieder Durchparieren – Anna hätte nicht gedacht, dass richtiges Führen so kompliziert sein konnte.

Kristinn erklärte ihr, warum die jungen Zuchtpferde dies für die Schau unbedingt lernen mussten. „Molda und die anderen sollen fleißig und locker neben dir gehen, am durchhängenden Führstrick. Nur dann zeigen sie ihre Gänge richtig und die Richter können sie korrekt beurteilen. Ein schlurfendes, stürmendes oder ungeduldig schräg gehendes Pferd bekommt keine gute Bewertung. Du siehst, du hast eine verantwortungsvolle Aufgabe vor dir!"

Das fand Anna auch. Mitverantwortlich dafür zu sein, dass Kristinns Zuchtpferde sich so vorteilhaft wie möglich präsentierten, das war schon eine ernste Sache.

Kristinn erinnerte sie noch daran, beim Führen der jungen Pferde nie die Handschuhe zu vergessen, dann konnte es losgehen.

Ein Glück, dass Anna in ihrer Zeit auf Högniholt schon so viel gelernt hatte, denn es war gar nicht so einfach, den jungen Damen Manieren beizubringen. Kristinn hatte zwar immer ein Auge auf sie und musste helfend eingreifen, als Fjörgin sich im Longierzirkel kurzerhand selbstständig machte und Sara die Hufe nicht zum Auskratzen heben wollte. Doch Anna merkte schnell, dass sie auch alleine ganz gut zurechtkam, wenn sie nur ruhig und bestimmt vorging. Auch die Eigenheiten der einzelnen Pferde waren ihr bald vertraut. Fjörgin regte sich schnell auf, wenn sie nicht gleich verstand, was Anna von ihr wollte. Sara dagegen brauchte ein wenig Druck, um fleißig vorwärts zu gehen. Und Hrisla wurde zu Annas absolutem Liebling, denn die schöne Lehmfuchsstute mit dem ausdrucksvollen, mütterlichen Gesicht arbeitete immer so interessiert mit, dass Anna ihr den Spitznamen „fleißiges Lieschen“ gab.

Die Tage vergingen wie im Flug. Stallarbeit, Reitstunden, das Training der Stuten – Anna kam tagsüber kaum zum Verschnaufen und schlief jede Nacht wie ein Stein. Ab und zu musste sie gehörig die Zähne zusammenbeißen und all ihren Mut aufbringen, um Rückschläge wegzustecken. Kristinn ließ ihr nichts durchgehen, sie konnte ganz schön streng sein. Doch langsam, aber sicher wuchs Anna in ihre Aufgaben hinein. „Ihre“ Stuten ließen sich mustergültig führen und zeigten beim Vortraben Schwung und Ausdruck. Und selbst wenn es einmal nicht so recht klappen wollte, wenn der Regen über die Hügel peitschte, Kristinn vor lauter Arbeit keine Zeit für Anna hatte, selbst an solchen Tagen konnte Anna nicht lange Trübsal blasen. Ihr kleiner Freund Dalur schaffte es immer, sie aufzumuntern. Während des Tages verfolgte er Anna mit seinen Blicken, und wenn sie leise pfiff, hob er sofort seinen hübschen Kopf und sah sie aus großen schwarzen Augen aufmerksam an. „Bin ich jetzt dran?“, schien er zu fragen, und wenn Anna ihn dann nach getaner Arbeit sattelte, fielen Müdigkeit und Frust in Minutenschnelle von ihr ab.

Jeden Tag wuchs sie mehr mit ihrem vierbeinigen Freund zusammen, denn Kristinns Reitunterricht hatte es in sich. Besonders der Tölt hatte es Anna angetan, davon konnte sie einfach nicht genug bekommen. Doch wenn sie an das Turnier dachte, das langsam, aber unerbittlich näher rückte, wurde es Anna mulmig zu Mute. Dann musste sie sich ganz schnell Kristinns Worte ins Gedächtnis zurückrufen: „Ich erwarte von dir, dass du dir Mühe gibst, Anna, mehr nicht.“ Und Anna war fest entschlossen, ihr Bestes zu geben – das war sie Dalur und Kristinn einfach schuldig!

Am Start: Dalur und Anna!

Viel zu schnell rückte das Turnier heran. Der Tag davor verging mit hektischen Vorbereitungen. Alle Pferde wurden gründlich gewaschen, alle Sättel gefettet, alle Zaumzeuge geputzt. Siggi wienerte Auto und Hänger, Stimmi stellte eine lange Liste mit Zeitplänen und Startfolgen zusammen und lud Zaunmaterial und eine Batterie in den Wagen. Auch die Reiter und Pferdeführer sollten sich von ihrer besten Seite zeigen, darauf legte Kristinn großen Wert. „Weiße Hosen, ein Sweatshirt mit dem Emblem von Högniholt und blank geputzte Reitstiefel sind kein Schnickschnack. So zeigst du Respekt vor den Richtern und den Zuschauern und drückst auch den Stolz auf deine Pferde aus."

Das konnte Anna verstehen. Also hatte sie gestern am späten Abend noch ihre Stiefel geschrubbt und zwei Garnituren sauberer Reitkleidung zurechtgelegt. Darüber würde sie dann einen leichten Overall ziehen, wenn sie die Pferde für ihren Auftritt vorbereitete – so blieb der Reitdress sauber und Anna stand blitzschnell ordentlich da, wenn es so weit war!

Am frühen Morgen, die Sonne stand noch tief, hielt es Anna nicht mehr im Bett aus. Im Haus war es noch still, als sie ihre Fleecejacke über den Pyjama zog und in die festen Stiefel schlüpfte. Als sie die Haustür öffnete, stutzte Anna. Es musste Besuch da sein, denn zwei fremde Autos standen vor der Tür. Das eine kam Anna bekannt vor. War das nicht die Klapperkiste vom alten Jon? Dunkel konnte Anna sich erinnern, mitten in der Nacht von Stimmen draußen auf dem Hausflur geweckt worden zu sein. Sie hatte sich nur schlaftrunken auf die andere Seite gewälzt und war sofort wieder eingeschlafen. Wer wohl der andere Besuch war? Jetzt musste Anna aber zuerst nach Dalur sehen, hoffentlich hatte der sich nicht über Nacht wieder völlig eingesaut.

Doch Dalur begrüßte sie blitzend und blinkend. Wie poliert sah sein schwarzes Fell aus, und seine dunklen Augen leuchteten fröhlich. Sanft streichelte Anna ihm die Stirn und kraulte ihn hinter den Ohren, was er besonders gerne mochte.

„Immer dran denken", flüsterte sie ihm leise zu, „Kristinn erwartet nur, dass wir uns Mühe geben, mehr nicht." Dalur schnaubte zufrieden, doch Annas Herz klopfte heftig vor Aufregung. Wenn nur nichts schief ging!

Als Anna geduscht und angezogen zum Frühstückstisch kam, blieb sie wie angewurzelt in der Küchentür stehen. Das war ja wohl der Hammer – da saßen Mama und Wilfried gemütlich am Tisch und unterhielten sich angeregt mit Kristinn, die Anna vergnügt zublinzelte. Mit einem Satz war Anna ihrer Mutter um den Hals gefallen. Fest, ganz fest wollte sie gehalten werden!

„Ohne Fanclub lassen wir dich nicht aufs Turnier!",

meinte Wilfried grinsend und widmete sich wieder seinem Frühstücksei.

Mama strich Anna zart über beide Wangen. „Gut schaust du aus, so richtig gesund und fröhlich. Island scheint dir prima zu bekommen, und dabei war ich mir nicht sicher, ob dich nicht schon die Trolle geraubt haben! Immerhin habe ich seit Wochen keinen Ton von dir gehört und musste ab und zu Kristinn anrufen, um zu erfahren, ob du noch lebst!"

„Ach Mama, es ist so viel passiert, weißt du, und ...!" Anna wusste überhaupt nicht, wo sie mit dem Erzählen anfangen sollte.

„Kristinn hat mir schon von deiner großen Liebe auf vier Beinen berichtet. Und jetzt iss erst mal tüchtig, unterhalten können wir uns später!"

Doch Anna brachte keinen Bissen herunter, sie war viel zu nervös. Thordis hatte vorgesorgt, an jedem Platz lag ein dickes Lunchpaket zum Mitnehmen – verhungern würde Anna also sicher nicht!

Als Anna und Kristinn zum Stall aufbrachen, um die Ponys zu verladen, kam auch der alte Jon die Treppe hinunter.

Anna reichte ihm mit einem strahlenden Lächeln die Hand. „Weißt du es schon?", fragte sie aufgeregt, und der alte Jon tätschelte ihr lächelnd die Hand und nickte.

„Deine Mama und Wilfried bringen Jon nachher mit zum Turnierplatz. Und jetzt komm, Anna, die Arbeit wartet!" Kristinn gab Anna einen Schubs. „Oder magst du nicht? Bist du zu aufgeregt?"

„Nöööö!“ Anna flunkerte ein bisschen und gab sich dann einen Ruck. Kristinn hatte Recht. Auf sie wartete viel Arbeit und jede Menge Verantwortung. Keine Zeit für weiche Knie und Herzklopfen!

Nach einer halben Stunde waren die ersten Pferde verladen und der Wagen startklar für die Fahrt zum Turnierplatz. Stimmi und Siggi würden die restlichen Ponys später bringen, denn zum Glück fand das Turnier ganz in der Nähe von Högniholt statt. Anna und Kristinn wollten derweil die Paddocks aufbauen und die ersten Isländer für die Zuchtprüfungen fertig machen. Auch Dalur sollte heute schon kommen, damit er sich an den Rummel auf dem Turnierplatz gewöhnen konnte.

Als es dann ernst wurde, war Annas Aufregung plötzlich wie weggeblasen. Flink und geschickt putzte sie nacheinander alle Zuchtstuten , fettete die Hufe sorgfältig ein, sprühte noch ein wenig Mähnenspray auf, sammelte einzelne Strohhalme aus der Mähne und reinigte Nüstern und Augenwinkel mit einem feuchten Schwamm. Sie tauschte die einfachen Halfter gegen schöne Showhalfter aus, nahm Kristinn die eine Stute ab und übergab ihr die nächste. Keine Zeit, bei der Vorstellung der Stuten zuzuschauen, keine Zeit, um in der Zuschauermenge nach den Gesichtern von Mama, Wilfried und dem alten Jon zu suchen.

Als Kristinn mit Sara, die als Letzte vorgestellt worden war, zurück zu den Paddocks kam, hatte Anna schon das Putzzeug aufgeräumt und alle Wassereimer nachgefüllt. Mit strahlendem Lächeln reichte Kristinn ihr die Hand.

„Du hast deine Sache toll gemacht, Anna! Alle Stuten haben super abgeschnitten, und das liegt auch an deiner sehr guten Vorbereitung. Es hat geklappt wie am Schnürchen! Danke!“

„Gern geschehen!“, antwortete Anna erleichtert und setzte dann hinzu: „Der gute Ruf von Högniholt ist also nicht den Bach runtergegangen?“

„Nur die Hoffnung nicht aufgeben, das kann ja noch kommen“, witzelte Kristinn. „Heute Nachmittag geht es für unsere Hengste Atli und Nidur um die Wurst, da müssen wir noch mal alles geben. Aber jetzt sollten wir erst mal was essen, ich habe solchen Hunger…“

„… dass ich ein Schwein reißen könnte!“, ergänzte Anna mit einem breiten Grinsen. Offensichtlich hatte nicht nur ihr die Aufregung heute Morgen den Appetit verschlagen – kein Wunder, immerhin stand für Kristinn eine Menge auf dem Spiel!

Stimmi und Siggi blieben bei den Ponys, während sich alle anderen zum Picknick auf einem grasbewachsenen Hügel trafen. Endlich fand Anna Zeit, Mama und Wilfried von ihren Erlebnissen auf Högniholt zu erzählen. Von Dalur, der so wichtig für sie geworden war, von den Stuten, die sie für die Zuchtschau vorbereitet hatte, von ihren Reitstunden und der zunächst so fremden und doch so faszinierenden Art, wie hier die Pferde gehalten und geritten wurden. „Und morgen reite ich Dalur in der Töltprüfung! Drückt mir die Daumen, dass ich uns bloß nicht blamiere!“, beendete Anna etwas atemlos ihren Bericht.

„Uns?“, fragte Mama mit einem Lächeln.

„Ja, klar! Uns von Högniholt! Stell dir nur vor, ich baue morgen Mist, dann fällt das auch auf Kristinn und ihre Zucht zurück!“ Sie runzelte die Stirn, irgendwie hatte sie das Gefühl, nicht so ganz ernst genommen zu werden.

„Was macht das schon, sind doch bloß Kinderponys, keine richtigen Pferde“, warf Wilfried scheinbar verächtlich ein.

Anna drehte sich mit einem Ruck um. Empörung stand in ihrem Gesicht, bis sie das Lächeln in Wilfrieds Augen sah und merkte, dass sie auf den Arm genommen wurde. Sie knuffte ihn in die Seite. „Blödmann!“

Viel zu schnell ging die Mittagspause vorbei, und es wurde wieder ernst. Bei der Vorstellung der Hengste durfte Anna zusehen, weil Siggi und Stimmi die beiden Junghengste Atli und Nidur für Kristinn vorbereiteten. Der rabenschwarze Nidur mit der langen Mähne und der windfarbene Atli schienen ihre Sache gut zu machen, denn die Zuschauer klatschten begeistert, und auch Kristinn sah sehr zufrieden aus. Leider verstand Anna kein Wort der Lautsprecherdurchsagen, doch als sie den alten Jon fragend ansah, zeigte der ihr mit einem Lächeln den erhobenen Daumen. Ein Glück, dass es so etwas wie eine internationale Zeichensprache gab!

„Uff!“ Kristinn ließ sich mit einem Seufzer in den Campingstuhl fallen, als Anna zu den Paddocks gerannt kam. Mama, Wilfried und Jon folgten in etwas gemütlicherem Tempo.

„Atli hat super abgeschnitten, und Nidur ist in seiner Klasse sogar Siegerhengst. Also, ich bin höchst zufrieden mit uns allen!“ Kristinn war die Erleichterung deutlich anzusehen.

„Kann ich noch was tun?“, fragte Anna. „Wenn nicht, möchte ich Dalur noch ein bisschen reiten, damit er sich alles ansehen kann und für morgen schön locker ist.“

„Gute Idee. Dalur wartet schon auf dich, glaube ich. Reite nur los! Siggi und Stimmi bringen die Jungpferde heim, die haben sich ihre Ruhe wirklich verdient. Und ich rühre mich heute nicht mehr aus meinem Stuhl!“ Kristinn scheuchte Anna mit einer Handbewegung fort.

Erst als Anna längst im Sattel saß und Dalur im Schritt über die Anlage ritt, fiel ihr plötzlich auf, was Kristinn da gesagt hatte: „Dein Pony“! Wie sie das wohl gemeint hatte? War ihr das nur so herausgerutscht? Anna schüttelte den Kopf und wendete Dalur, um noch ein Stück ins Gelände zu reiten. Jetzt war nicht die Zeit für Spinnereien, Dalur wollte konzentriert geritten werden! Und trotzdem ....

Als Anna und Dalur eine halbe Stunde später zurück zum Paddock kamen, waren beide müde und entspannt. Ein bisschen Galopp, eine kurze Strecke Tölt und dann gemütlich bummelnd im Schritt zurück, das hatte beiden gut getan. Am Wagen hing ein Zettel: „Sind im Festzelt, was Warmes essen und ein bisschen feiern. Wenn du magst, kommt doch auch. Wenn nicht, im Wagen ist noch Verpflegung.“

Nein, nach Rummel war Anna nicht zu Mute, lieber versorgte sie die Pferde und legte sich dann früh aufs Ohr. Obwohl, schlafen konnte sie bestimmt noch nicht!

Schnell hatte Anna gefüttert, die Äpfel aus den Paddocks entfernt und die Wassereimer nachgefüllt. Dalur verfolgte sie mit den Augen, wo immer sie ging und stand. Er spürte wohl, wie aufgeregt sie war.

„Nun friss mal in Ruhe, mein Kleiner, es ist alles okay!“, musste Anna ihm zureden, bevor er sich endlich über sein Heu hermachte.

Kaum hatte Anna sich im Schlafsack zurechtgekuschelt, war sie auch schon eingeschlafen, trotz Lampenfieber. Tief und traumlos schlief sie die ganze Nacht durch, und Kristinn hatte am nächsten Morgen sogar Mühe, sie wachzurütteln. Schlaftrunken griff Anna nach Kulturbeutel und Handtuch und taperte benommen zum Waschzelt. Als sie gewaschen und angezogen mit den anderen zum Frühstück ging, war sie immerhin wach genug, um Herzklopfen zu bekommen. Noch hatte sie Zeit, zuerst standen die Wettbewerbe für die unter dem Sattel vorgestellten Zuchtpferde an, doch in wenigen Stunden war sie an der Reihe. Anna bekam keinen Bissen hinunter, trank aber immerhin einen halben Liter Milch.

Viel zu schnell verging der Vormittag. Anna war froh, dass sie so viel zu tun hatte, so wurde sie wenigstens abgelenkt. Siggi und Stimmi stellten abwechselnd die gerittenen Zuchtpferde unter dem Sattel vor, und Anna half beim Satteln und Auftrensen, damit Kristinn zuschauen konnte. Eine Stute trat sich mitten in der Prüfung ein Vordereisen ab, worauf Stimmi sie sofort durchparierte und aus der Wertung nahm, aber ansonsten klappte alles wie am Schnürchen.

In der Mittagspause wurde Anna von ihrer Mutter entführt. „Du kommst jetzt mal mit und isst ordentlich, sonst klappst du mir noch zusammen!", bestimmte sie und lotste die widerstrebende Anna hinter einen Hügel, wo sie etwas Ruhe hatten.

„Ich bringe sowieso nichts runter, außerdem muss ich mich um Dalur kümmern!", protestierte Anna, doch als sie den Trubel des Turnierplatzes hinter sich gelassen hatten und gemütlich im Gras saßen, knurrte ihr auf einmal der Magen.

In kürzester Zeit verputzte sie zwei belegte Brote, bevor die beiden gemütlich zurück zu Dalur bummelten. Kristinn hatte den Rappen schon aus dem Paddock geholt und gesattelt und getrenst. Schnell war Anna umgezogen und stand startklar neben ihrem Pony. Kristinn gab ihr letzte Anweisungen fürs Abreiten, dann schwang Anna sich in den Sattel und ritt zum Abreiteplatz, einer großen Wiese. Jetzt, wo es endlich losging, war Anna ganz ruhig und konzentriert. Wie sie es gelernt hatte, löste sie Dalur auf beiden Händen und achtete darauf, ihn nicht zu ermüden. Schließlich sollte er genug Kraft für die Prüfung haben, da durfte er nicht zu früh sein Pulver verschießen!

Kristinn winkte aufgeregt vom Rand der Wiese. „Du bist dran, Anna!"

Anna töltete an und ritt im Arbeitstempo in die Ovalbahn ein, wo schon drei andere Paare auf der rechten Hand liefen. Schnell sah sie zum Tor, wo Kristinn die rechte Hand hob. „Die Prüfung beginnt!“, sollte das heißen, denn Anna konnte die Ansage des Sprechers ja nicht verstehen. Vorstellen des Pferdes im Arbeitstempo Tölt, lautete der erste Aufgabenteil. Anna hielt sich außen und ritt konsequent an der Bande entlang, denn Dalurs Arbeitstempo war immer ein wenig zu schnell und so hatte er einen längeren Weg und fiel nicht dadurch auf, dass er andere Pferde überholte. Kristinn hatte jede Menge solcher Tipps auf Lager, und Anna war froh, so gut vorbereitet in die Prüfung gehen zu können. Taktklar und ausdrucksvoll, ganz leicht an der Hand, töltete Dalur unter ihr und schnaubte immer wieder zufrieden ab.

„So ist es fein, mein Kleiner!“, flüsterte Anna ihm leise zu und Dalur spielte aufmerksam mit den Ohren. Da kam schon Kristinns Signal zum Handwechsel. Gefühlvoll parierte Anna zum Schritt durch, lenkte Dalur an den inneren Rand der Bahn und ritt eine Kehrtvolte. Erneut wurde angetöltet, um die Pferde im zweiten Aufgabenteil im beliebigen Tempo vorzustellen. „Wähle ein Tempo, bei dem sich dein Pony besonders vorteilhaft präsentiert, Anna!“, hatte Kristinns Anweisung gelautet. Hier ging es nicht um Schnelligkeit, sondern um Taktreinheit, um Ausdruck und Aktion. Dalur lief am besten im mittleren bis starken Tempo Tölt und so beschleunigte Anna ihn flüssig aus dem Arbeitstempo, ohne ihn rennen zu lassen. Nun konnte Dalur zeigen, was in ihm steckte: Seine lange Mähne flatterte im Wind, er fegte mit erhobenem Kopf und stolz funkelnden Augen um die Bahn und seine Hufe trappelten auf dem federnden Boden. Anna saß elastisch und aufrecht im Sattel und bemühte sich, die Hände ganz ruhig zu halten. Jetzt Dalur nur nicht stören!, schoss es ihr durch den Kopf. Ein wenig Spannung halten, aber bloß nicht verspannen! Das war gar nicht so einfach, doch Anna machte ihre Sache gut. Flüssig töltete Dalur um die Ovalbahn, vorbei an den klatschenden und johlenden Zuschauern. Anna ritt wie im Rausch und achtete nicht auf Kristinn, die ihr längst das Zeichen zum Durchparieren gegeben hatte. Erst das Lachen der Zuschauer schreckte sie auf. Die anderen drei Reiter ritten bereits im Schritt aus der Bahn und Anna bekam einen roten Kopf. Was Kristinn wohl zu ihren Ritt sagen würde?

Am Abreiteplatz wurden Anna und Dalur schon erwartet. Siggi und Stimmi strichen Dalur anerkennend über die Stirn und wollten ihn zum Paddock führen. Doch Anna hielt die Zügel fest. „Vielen Dank, aber ich kümmere mich selbst um ihn."

Kristinn sah sie lächelnd an. „Gut bist du geritten, Anna. Es ist übrigens nie ein Fehler, wenn sich der Reiter auf sein Pferd konzentriert und alles um sich herum vergisst."

Mama sah verwundert aus, doch Anna erklärte ihr lachend: „Kristinn kann Gedanken lesen!", und blinzelte ihrer großen Freundin zu.

Vor lauter Erleichterung hatte Anna überhaupt nicht auf ihre Wertnoten geachtet, die nun vom Sprecher durchgesagt wurden.

„Du Arme, beinahe hättest du nachher noch mal reiten müssen!" Kristinn lachte und erklärte Anna: „Stell dir vor, um ein Haar wärt ihr beiden in der Endausscheidung gelandet. Eine tolle Leistung, ich bin stolz auf dich!"

Anna wurde vor Freude und Stolz puterrot und musste ihr heißes Gesicht in Dalurs Mähne verstecken. Endausscheidung! Da ritten die besten sechs Paare der Vorentscheidung eine Art Stechen, da ging es wirklich um die Wurst. Das wäre schon toll gewesen, aber Anna war trotzdem heilfroh, dass sie nicht noch einmal antreten musste.

Mama und Wilfried packten mit an, und so waren die Paddocks im Nu abgebaut, Putzzeug, Sättel und Zaumzeuge verstaut und die Ponys eingeladen. Durch die abendliche Dämmerung ging es zurück auf den Hof, wo Thordis die müden Turnierreiter mit einem wahren Festmahl begrüßte.

Mehr als einmal stießen die Erwachsenen mit brennivin auf die Erfolge des Wochenendes an, und es wurde viel gelacht und erzählt. Später schlich Anna sich zum Stall, wo Dalur inmitten seiner vierbeinigen Freunde am Fressgitter stand und Heu knabberte. Zärtlich strich sie ihm über den wilden Schopf. „Na, schmeckt's?" Anna seufzte. „Bald muss ich nach Hause zurück, und du bleibst hier." Der Gedanke schnürte ihr die Kehle zu.

Plötzlich trat Kristinn neben sie, sie musste Anna unbemerkt gefolgt sein. Sie legte ihr leicht eine Hand auf die Schulter. „Nach Hause musst du fahren, Anna, aber wenn du magst, darfst du Dalur mitnehmen."

Anna fuhr herum. „Mitnehmen? Aber wie denn? Ich meine, das geht doch nicht so einfach!"

Kristinn lächelte. „Klar geht das, wenn du es möchtest. Ist alles längst mit deiner Mutter und Wilfried abgesprochen. Du sollst endlich ein eigenes Pferd haben, hat deine Mama gesagt, und sie kauft dir Dalur, wenn du magst. Ich trenne mich zwar nur ungern von ihm, aber dir würde ich ihn anvertrauen." Kristinn hob beschwichtigend die Hand, als Anna begeistert herausplatzen wollte. „Sag jetzt nichts, Anna, über so einen wichtigen Entschluss muss man mindestens eine Nacht schlafen. Ab mit dir ins Bett, und morgen wird ausgeschlafen, verstanden? Kein Stalldienst!"

In Annas Kopf überschlugen sich die Gedanken, während sie den Pyjama anzog und sich die Zähne putzte. Sie durfte Dalur behalten! Ihn mit zurück nach Deutschland nehmen! Was gab es denn da noch zu überlegen, die Sache war doch sonnenklar! Morgen musste sie unbedingt Franzi und Alex anrufen, die würden staunen! Und während Anna sich noch ausmalte, was sie ihren Freundinnen alles zu erzählen hatte, war sie unversehens eingeschlafen.

Ein schwerer Entschluss

„Dalur, Dalur! Wo bist du? Komm zu mir!" Schlaftrunken schreckte Anna hoch. In ihrem Zimmer war es dunkel, im Haus rührte sich nichts. Undeutlich konnte Anna sich erinnern, dass da jemand gerufen hatte. War es wieder dieser Traum gewesen, der Traum von Dalur? Anna schüttelte den Kopf und wollte sich wieder in ihr Kissen zurücksinken lassen, als ein lautes Wiehern sie erneut aufschrecken ließ. Mit einem Satz sprang sie aus dem Bett und lief zum Fenster. Da unten, vom Mondlicht silbern beschienen, stand Dalur auf dem Rasenplatz vor dem Haus. Er reckte den Kopf zu ihrem Fenster, wieherte fordernd und schüttelte ungeduldig seine lange Mähne. Seltsam, Dalur trug Sattel und Trense. Schnell schlüpfte Anna aus ihrem Pyjama und zog die Reitsachen an. Sie musste nachsehen, was da los war!

Als Anna aus der Tür trat und in die Stiefeletten schlüpfte, wartete Dalur geduldig auf sie. Willig ließ er sich am Zügel greifen und zum Stall führen, doch am Tor blieb er stehen und ging keinen Schritt weiter, sosehr Anna es auch versuchte. Bockig ging er rückwärts, wieherte ungeduldig und stupste Anna schließlich am Arm.

„Sag mal, was willst du eigentlich?“, fragte Anna halb ungeduldig, halb lachend. Erneut schubste Dalur sie sanft, und jetzt ging Anna ein Licht auf. Reiten? Wollte Dalur reiten gehen?

„Dich haben wohl die Trolle gesattelt!“ Anna wunderte sich nur wenig darüber, dass ein gesatteltes und getrenstes Pony sie zu einem Ritt durch den Mondschein aufforderte. Schnell hatte sie sich in den Sattel geschwungen und Dalur vom Hof gelenkt. Im Schritt ging es die Anhöhe hinter Högniholt hinauf. Dahinter breitete sich die weite isländische Landschaft aus, am Horizont lagen die Gletscher im silbernen Mondlicht. Dalur wieherte gellend und trabte an.

„He, mal langsam, wir sollten besser wieder zurück auf den Hof!“ Anna wollte Dalur durchparieren, doch Dalur hörte nicht auf sie und schien auch ihre Hilfen nicht zu verstehen. Schon war er in einen leichten, schaukelnden Galopp gefallen. Erneut versuchte Anna ihn umzudrehen oder zu verlangsamen, doch Dalur schüttelte nur einmal unwillig den Kopf und beschleunigte weiter. Anna wurde es mulmig zu Mute. Dalur rannte unaufhaltsam die Anhöhe entlang, nahm mit weiten Sprüngen ein paar Gräben und setzte flüssig über ein niedriges Steinmäuerchen. Immer wieder wieherte er laut, und einmal glaubte Anna, ganz aus der Ferne eine Antwort zu vernehmen. Längst hatten die beiden das bekannte Gelände rund um Högniholt hinter sich gelassen und flogen im Mondschein über die weite Ebene unterhalb der Hekla. Da tauchten in der Ferne schemenhaft dunkle Gestalten auf, die schnell näher kamen. Es war eine Herde Islandponys, die da im Mondlicht auf Dalur und Anna zulief! Wieder wieherte Dalur und jetzt konnte Anna ganz deutlich hören, wie ihm ein paar Ponys antworteten. Die Hände in Dalurs Mähne gekrampft, hielt Anna sich im Sattel. Dalur galoppierte zielstrebig auf die Herde zu und war unversehens mittendrin. Aufgeregt wuselten die Ponys durcheinander. Einige schnupperten an Dalur, kniffen ihn in den Mähnenkamm und zwickten ihn in die Kruppe, bis er mit empörtem Quietschen ausschlug. Beinahe wäre Anna aus dem Sattel geschleudert worden, sie verlor beide Steigbügel und hing Dalur um den Hals, der nun geduldig stillhielt, bis sie sich zurück in den Sattel gehievt hatte. Doch kaum hatte sie beide Steigbügel geangelt und sich wieder aufrecht hingesetzt, da sprintete die gesamte Herde im Galopp los, Dalur und Anna mittendrin! Der Fahrtwind nahm Anna den Atem und ließ ihre Augen tränen. Nur undeutlich konnte sie erkennen, dass Dalur und seine Freunde zurück nach Högniholt liefen, immer die Hekla im Rücken. Staub wirbelte auf, als die Herde im schnellen Galopp die Anhöhe erklomm. Oben wirbelte die Herde erneut um Dalur herum. Er wurde beschnuppert und zärtlich gekniffen, stand ganz ruhig da und schien die Freundschaftsbekundungen der Herde zu genießen. Ein lautes Wiehern ertönte, und blitzschnell verschwand die Herde im Galopp die Anhöhe hinab, eine Staubwolke hinter sich herziehend.

Anna und Dalur blieben alleine zurück. Dalur stand da wie ein Standbild und blickte seinen Freunden mit weit geöffneten Augen nach. Ein letztes Mal rief er, und aus der Ferne ertönte eine leise Antwort. Dann wurde es still.

Mit zitternden Knien glitt Anna aus Dalurs Sattel und stand neben ihm, die Zügel in den schweißnassen Händen. Immer wieder strich sie Dalur sanft über den Mähnenkamm und merkte, wie er leise bebte.

„Komm, Dalur, wir müssen zurück!“, forderte sie ihn schließlich auf und diesmal folgte Dalur ihr ohne Widerstand. Langsam liefen sie den Hügel hinunter, über den Rasenplatz zum Stall hinüber. Dort sattelte Anna Dalur ab und wusch ihm das verklebte Fell aus. Mit einem leichten Klaps entließ sie ihn in die Herde. Dalur ging sofort in den Auslauf und wälzte sich ausgiebig. Danach stand er da, ein Hinterbein ruhend, und blickte unverwandt in die Ferne. Es sah wunderschön aus, wie sich das Mondlicht in seinen dunklen Augen fing und seine lange Mähne glänzen ließ, und doch auch furchtbar traurig.

Mit hängenden Schultern ging Anna zurück ins Haus. Dort war es immer noch dunkel und still.

Als Anna am nächsten Morgen aufwachte, konnte sie sich nicht mehr erinnern, wie sie überhaupt zurück ins Bett gekommen war. Sie wusste noch, dass sie nach ihrem wilden Ritt im Mondlicht irgendwie sehr traurig gewesen war und immer Dalur vor sich sah, wie er da im Glanz des Mondes stand und seinen Freunden nachblickte. Jetzt, wo die Sonne hell durchs Fenster schien und von draußen schon der Duft nach frischem Kaffee und Brötchen zu ihr hereinzog, kam ihr die letzte Nacht wie ein seltsamer Traum vor. Wieso war Dalur eigentlich gesattelt gewesen? Woher waren die wilden Ponys gekommen? Und war die Ebene unterhalb der Anhöhe nicht eigentlich eingezäunt? Anna konnte sich noch deutlich an ihre Ausritte erinnern, wo sie das Schachbrettmuster der Zäune und Mäuerchen von oben hatte sehen können.

Als Anna still und nachdenklich am Frühstückstisch Platz nahm, sah der alte Jon sie aufmerksam an. Anna spürte seinen Blick und sagte nur „Dalur", da nickte Jon und lächelte sie an. Er verstand wohl gut, dass ein Pony wie Dalur einen nachts manchmal nicht zur Ruhe kommen ließ.

Anna gab sich einen Ruck. Jetzt wurde erst einmal gefrühstückt!

Von Mama, Wilfried und Kristinn war noch nichts zu hören und zu sehen, als Anna wenig später zum Stall lief. Anna ging zur Sattelkammer. Dalurs Satteldecke war staubtrocken, alles hing sauber und ordentlich an seinem Platz. Dalur stand mit den anderen Ponys am Fressgatter und frühstückte. Aufmerksam blickte er hoch, als Anna leise pfiff. Seltsam, sein Fell war nicht etwa verklebt, sondern sauber und plüschig, so ordentlich, wie Anna ihn gestern nach dem Turnier in den Stall entlassen hatte. Prüfend strich Anna ihm über die Brust. Keine Spur von Staub und Schweiß. Hm. Anna runzelte die Stirn. „Das gibt es doch nicht!", flüsterte sie leise.

„Was ist, fehlt Dalur ein Ohr oder hat er plötzlich ein Bein zu viel?" Kristinn war leise in den Stall getreten. Ihr Lächeln verschwand, als sie Annas ernstes Gesicht sah.

Tränen glitzerten in Annas Augen, als es aus ihr herausbrach: „Kristinn, ich kann Dalur nicht mitnehmen. Er gehört hierher!"

Schweigend nahm Kristinn Annas Hand und zog sie zur Sattelkammer, vor der ein paar Heuballen lagen. „Was ist passiert?", fragte sie, als Anna sich neben sie setzte.

Anna erzählte. Wie sie plötzlich aufgewacht war und Dalur gesattelt vor ihrem Fenster auf sie gewartet hatte. Von ihrem Ritt übers Hochland. Von den wilden Ponys, die Dalur so fröhlich begrüßt hatten. Und vor allem, wie Dalur so verloren und traurig im Stall gestanden hatte, als seine Freunde davongaloppiert waren.

„Ich glaube, Dalur wollte mir zeigen, dass er hierher gehört. Dass er in Island bleiben will, wo seine Freunde sind, wo er seine Freiheit hat", schloss Anna ihren Bericht. Ob Kristinn sie verstehen würde?

„Du weißt, dass du geträumt hast, Anna, oder?", fragte Kristinn vorsichtig.

„Das kann nicht sein, es ist so passiert, ich sage ganz bestimmt die Wahrheit!" Anna war empört, doch Kristinn beschwichtigte sie.

„Natürlich tust du das, Anna. Träume sind keine Lügen, Träume sind nur eine andere Art der Wahrheit.

Durch deinen Traum ist dir bewusst geworden, was du vorher vielleicht nur geahnt hast."

Das war Anna zu hoch. „Und was soll ich jetzt machen?", fragte sie verzagt. „Soll ich auf den Traum hören?"

Kristinn lächelte und wies auf Dalur, der ihnen gegenüberstand und sie durchs Gatter ansah. „Frag ihn, Anna, aber ich glaube, dein Entschluss steht fest. Und der hat nichts mit Träumen zu tun, sondern mit deiner Liebe zu ihm."

Mit einem Mal wurde Anna ganz ruhig. Sie liebte Dalur, und Dalur liebte sie, so einfach war das. Anna stand auf und ging zu Dalur, der neugierig den Kopf durchs Gatter streckte. Sie strich ihm über die Stirn und flüsterte:„Egal, was letzte Nacht wirklich passiert ist, ich weiß, was das Richtige für dich ist."

Dann drehte sie sich zu Kristinn um. „Dalur und ich gehören zusammen, aber Dalur gehört auch hierher. Ich würde sicher gut für ihn sorgen, aber er würde trotzdem nicht glücklich sein, glaube ich!"

Kristinn nickte. „Tja, Anna, da wird dir nichts anderes übrig bleiben, als uns hier auf Högniholt möglichst oft zu besuchen. Dalur wird immer hier sein und auf dich warten."

Anna war erleichtert. „Weißt du, nicht dass du glaubst, ich will ihn nicht, nur …" Kristinn winkte ab. „Ich verstehe dich sehr gut, Anna, und du hast bestimmt die richtige Entscheidung getroffen. Mit oder ohne Traum!"

Gemeinsam schlenderten die beiden zum Haus zurück.

„Es ist schon komisch, das mit den Träumen“, fing Anna noch mal an. „Erinnerst du dich noch an Jons Geschichte? Man könnte wirklich glauben, da ist was dran! Mir hat Dalur ja irgendwie auch den richtigen Weg gezeigt! Ich bin immer noch so pferdeverrückt wie vorher, und trotzdem sehe ich alles mit anderen Augen. Vor allem die Art, wie unsere Pferde daheim im Reitstall gehalten und geritten werden. Dalur hat mir unheimlich viel beigebracht!“

Kristinn drückte Annas Hand. „Das hat er, Anna, und das Schöne daran ist, dein Weg beginnt gerade erst.“

Vor dem Haus standen Mama und Wilfried in der Morgensonne und sahen zu den nahen Bergen auf. „Guten Morgen, Schatz! Was ist los, warum bist du so ernst? Ist mit Dalur alles in Ordnung?“

Anna druckste herum. „Dalur geht es gut, und mir eigentlich auch.“ Sie sah ihrer Mutter gerade in die Augen. „Mama, ich kann Dalur nicht mitnehmen. Vielen, vielen Dank, dass du ihn mir kaufen willst, aber ich bringe es nicht übers Herz, ihn von hier fortzubringen. Er gehört einfach hierher! Ich kann es dir nicht erklären, aber ich weiß es ganz genau.“

Mama sah Anna verblüfft an und wandte sich dann an Kristinn. „Kapierst du das? Da will ich Anna ihren größten Wunsch erfüllen, und dann so was!“ Mama war fast ein wenig enttäuscht.

Anna nahm sie in den Arm und drückte sie. „Ach Mama, versteh mich doch! Natürlich wäre es toll, wenn ich Dalur behalten dürfte, aber ich kann mir doch nichts wünschen, was ihn unglücklich machen würde! Er ist endlose Weiden gewohnt, das isländische Wetter und die wunderbare Luft hier. Und außerdem ist er immer mit seinen Freunden zusammen, die kann ich ihm doch nicht einfach wegnehmen!"

Mama sah sie nachdenklich an. Bisher hatte sie sich um vierbeinige Freundschaften wohl keine Gedanken gemacht, doch Kristinn hatte eine Idee. „Nach dem Mittagessen sattelst du Dalur und nimmst deine Mama auf Sölvi mit, als Handpferd. Zeig ihr Dalurs Welt und erzähle ihr vor allem, was du alles erlebt hast. Auch deine nächtlichen Erlebnisse!"

Mama zog erstaunt die Augenbrauen hoch, fragte aber nicht nach.

Vor dem Mittagessen gab es so viel zu tun, dass kein weiteres Wort mehr über Dalur fiel. Erst als Anna und ihre Mutter im goldgelben Schein der Nachmittagssonne gemeinsam im Schritt die Anhöhe hochritten, waren sie wieder unter sich.

Mama war Sölvi zwar nicht recht geheuer, aber sie war tapfer in den Sattel gestiegen und hielt sich nun mit beiden Händen in seiner Mähne fest, während Anna ihn über einen Führzügel sicherte. Ruhig kletterten die beiden Ponys den schmalen Weg entlang, während Anna und ihre Mutter schweigend im Sattel saßen und die Blicke schweifen ließen. Auf der Hügelkuppe angekommen, saß Anna schwungvoll ab und half ihrer Mutter beim Absitzen. Den Ponys nahm sie Sättel und Zaumzeuge ab und ließ sie grasen.

„Die laufen nicht weg, warum auch!", beantwortete Anna den fragenden Blick ihrer Mutter.

„Wenn du es sagst ... Aber glaube bloß nicht, dass ich nachher Sölvis Sattel auf dem eigenen Buckel zurücktrage!" Mama setzte sich mit einem wohligen Seufzer ins weiche Gras und sah zur Hekla hinüber. „Erzähl mal, Anna. Wie kommt es, dass du mit fliegenden Fahnen zu den Islandpferdefans übergelaufen bist, und wieso willst du das weit und breit tollste Islandpony nicht für dich? Du wünschst dir doch schon ewig ein eigenes Pferd! Oder soll es doch ein Warmblut sein, ein Dressurpferd?"

Und so begann Anna mit ihrer Geschichte, während die Sonne langsam über den tiefblauen Himmel zog und die Ponys genüsslich das frische Gras rupften. Sie berichtete von ihren Träumen, in denen immer ein Pony namens Dalur aufgetaucht war, von ihrer Begegnung mit dem echten Dalur, von Jons Geschichte, die sie mitten ins Herz getroffen hatte, von der Abmachung mit Kristinn und der anstrengenden Vorbereitung auf das Turnier. „Und siehst du, Mama, gestern habe ich wieder von Dalur geträumt. Irgendwie ist mir klar geworden, dass Dalur in Deutschland nicht mehr mein Dalur wäre. Dalur und Island, das gehört einfach zusammen. Verstehst du mich?"

Lange sah Mama schweigend zur Hekla hinüber, während Anna sie forschend anblickte.

Mit einem Lächeln nahm Mama schließlich Annas

Hand und sagte: „Wenn ich hier geboren und aufgewachsen wäre, wollte ich sicher auch nie fort! Ich verstehe dich gut, Anna, du hast sicher die richtige Entscheidung getroffen. Ich bin stolz auf dich!"

Bald hatten sie die Ponys wieder gesattelt und aufgezäumt. Im gemütlichen Schritt ging es zurück nach Högniholt, wo auf alle ein festlich gedeckter Kaffeetisch wartete. Mama und Wilfried mussten noch am Abend zurück zum Institut. Nächste Woche würde es gemeinsam heim nach Deutschland gehen. Anna wollte überhaupt nicht daran denken!

Wie im Flug vergingen die Stunden am Kaffeetisch, bis Wilfried zum Aufbruch drängte.

„Denk daran, Anna, heute in einer Woche holen wir dich ab. Genieß die Zeit mit Dalur!" Anna lächelte tapfer und nickte. Es würde ihr schwer fallen, nicht immer an den Abschied zu denken und darüber nachzugrübeln, wie sie sich wohl in ihrer neuen Heimat zurechtfinden würde. Ob sie wohl bald wieder nach Högniholt durfte? Vielleicht schon in den Herbstferien? Was auch immer sie in ihrer neuen Heimat erwartete, ihre Zeit auf Island, ihre Freundschaft mit Dalur konnte ihr niemand mehr nehmen!

Wenige Tage später stand Anna auf dem Hügel und blickte über die weite Landschaft zur Hekla hinüber. Tief atmete sie die klare Luft ein, die jetzt, wo es auf den Herbst zuging, kühl von den nahen Gletschern heranwehte.

Lose hielt sie die Zügel in der linken Hand. Dalur

stand aufmerksam neben ihr und blickte in die Ferne. Verstreut über die grüne Ebene grasten die Pferde von Högniholt, undeutlich als farbige Tupfen zu erkennen. In der rechten Hand hatte Anna einen Zettel, den Kristinn ihr vorhin in die Hand gedrückt hatte, bevor sie zu ihrem letzten Ritt mit Dalur aufgebrochen war. „Einen Dalur gibt es dort zwar nicht", hatte sie geheimnisvoll angedeutet, „aber jede Menge anderer Islandponys!"

Anna hatte den Zettel in ihre Hosentasche gesteckt und las ihn erst jetzt.

„Islandpferdegestüt Hunsrückhöhe", stand da, „Bergweiler bei Idar-Oberstein." Name, Adresse, Telefonnummer waren angegeben und darunter noch ein Vermerk von Kristinn: „Gudrun ist eine alte Freundin von mir, wir haben gemeinsam den Trainerschein gemacht. Sag ihr einen schönen Gruß!"

Anna streichelte ihrem Dalur über den Mähnenkamm. Er wandte den hübschen Kopf zu ihr um und schaute sie auffordernd an. „Geht es jetzt endlich weiter?", schien er zu fragen.

„Ja, Dalur, es geht weiter. Komm, lass uns reiten!"

Alles über

Islandpferde

„Jenseits des Gatters
an endlosen Tagen
stehen sorglose Pferde
Gräser sie nagen.
Mal hebt sich ein Kopf
kurz, um zu schauen,
und senkt sich dann wieder
zum Kauen."

(Altes isländisches Gedicht)

Seit Jahrhunderten begleitet das Islandpferd die Bewohner Islands, einer kargen, von Gletschern und Lavafeldern bedeckten Insel im Nordmeer. Erst viel später als in anderen Gebieten Europas hielt hier der Fortschritt mit Straßen und Autos Einzug. Lange Zeit war nur das Islandpferd in der Lage, die unwirtliche, weglose Einöde zu überwinden. Es diente den Bewohnern nicht nur als Reitpferd, sondern trug auch schwere Lasten über weite Strecken. Nur mit Hilfe des Islandpferdes konnten Waren transportiert, die Post ausgetragen, Kranke zum Arzt gebracht oder die Schafherden auf neue Weiden getrieben werden.

Islandpferde waren und sind hervorragend an die Umweltbedingungen ihrer Heimat angepasst: Sie kommen mit wenig Heu aus, bewegen sich flink und geschickt überall dort, wo es keine Wege gibt, arbeiten fleißig mit und brauchen selbst im Winter keinen Stall.
Die – zweibeinigen – Isländer erkannten sehr früh, wie wertvoll ihre vierbeinigen Helfer waren, und beschlossen darum schon vor etwa eintausend Jahren, ihre Pferdezucht zu schützen. Pferde aus anderen Ländern waren natürlich nicht so gut an die harten Umweltbedingungen angepasst, hätte man sie importiert und in der Zucht eingesetzt, wären die wertvollen Eigenschaften des Islandpferdes bald verloren gegangen. So verhängten die klugen Isländer ein Importverbot: Niemand durfte von außerhalb Pferde nach Island bringen! Dieses Verbot gilt noch heute.
Island wurde im neunten Jahrhundert von norwegischen Bauern besiedelt, die nicht nur ihre Kultur und ihre Religion auf die bis dahin unbewohnte Insel mitbrachten, sondern auch ihre Pferde. Es waren Nachfahren der ursprünglichen Germanenponys und Keltenponys, die sich in den folgenden Jahrhunderten an das Leben auf Island anpassten. Dabei kam es nicht zur Vermischung mit Pferden anderer Rassen, wie wir das etwa aus der Entstehung der Warmblutrassen oder des Englischen Vollblutes kennen. So blieben die Eigenschaften des Islandpferdes über Jahrhunderte erhalten: Genügsam, robust, stämmig, lauffreudig und pfiffig waren und sind die Islandpferde.

Irgendwann hielt der Fortschritt auch auf der entlegenen Insel im Nordmeer Einzug, und damit wäre beinahe das Ende der wuschelmähnigen Islandpferde gekommen. Autos, Traktoren und Schnee-Scooter machten sie bald überflüssig, die Zahl der Pferde ging rasant zurück, die Zucht wurde zur Liebhaberei. Doch dann entdeckten die Reiter und Ponyliebhaber vom Festland das Islandpferd! Schuld war ein Buch, das eine Reitlehrerin geschrieben hatte und

das bald nach dem Erscheinen verfilmt wurde. „Dick und Dalli und die Ponys" hieß das Buch, verfilmt wurde es unter dem Titel „Die Mädels vom Immenhof". Die fröhlichen Ponys aus dem Film begeisterten alle Zuschauer, plötzlich waren Islandpferde gefragt und sie entwickelten sich schnell zum Exportschlager. Bald entstand rund um das Islandpferd ein eigenes Turnierwesen, Freunde des Ponys von der Insel gründeten Zuchtstätten und betrieben die Zucht des reinrassigen Islandpferdes mit Hingabe und Sachverstand. Irgendwann war das Islandpferd aus der Reiterei nicht mehr wegzudenken. Mit ihm kamen auch neue An- und Einsichten über die richtige Haltung von Pferden aufs europäische Festland. Pferdefreunde merkten schnell, wie viel wohler sich Pferde (nicht nur die robusten Ponys!) in einem Offenstall fühlen, und so verdanken wir es eigentlich den Islandpferden, dass heute so viele Pferde artgerecht gehalten werden.

Beschreibung des heutigen Isländers:

Verbreitung:	Vorwiegend in Europa, hier vor allem Island, Deutschland, Österreich und die Schweiz; geringe Bestände auch in den USA und Kanada
Größe:	meist 130 – 145 cm Stockmaß
Farben:	Alle Farben und Scheckungen außer Tigerschecken
Aussehen:	Islandpferde sind mit ihrem stämmigen Körper, den stabilen Beinen und der dichten Mähne typische Ponys. Weil sie nicht nur in Island, sondern auch in anderen Zuchtgebieten rein gezogen werden, bleiben ihre Eigenschaften überall auf der Welt im Urtyp erhalten. Ihr Kopf ist ausdrucksvoll, ihre Augen sind groß und aufmerksam, die Ohren

klein und mit lebhaftem Ohrenspiel. Das Islandpferd ist ein Rechteckpferd mit festem, geschmeidigem Rücken und gut bemuskelter Kruppe. Typisch ist die lange, dichte Behaarung von Schopf, Mähne und Schweif, die nicht geschnitten oder verzogen wird. Alle Gliedmaßen sollen kräftig und gut bemuskelt sein, die Hufe wünscht man sich hart und gesund.

Charakter: Islandpferde sind wach und aufmerksam, mit feinen und schnellen Reaktionen ausgestattet und dem Menschen gegenüber höflich. Sie wirken mutig und entschlossen und sind trotz ihrer Lebhaftigkeit brav und zuverlässig.

Haltung: Islandpferde fühlen sich am wohlsten, wenn man sie gruppenweise im Offenstall hält. Im Sommer genießen sie Weidegang. Sie brauchen immer eine trockene, saubere Liegefläche und einen vor Wind, Wetter und Sommerhitze geschützten Unterstand. Kälte und Wind vertragen sie problemlos, Dauerregen weniger gut.

Fütterung: Viel gutes Heu bildet die Grundlage der Fütterung. Bei hoher Leistung ergänzt wenig Kraftfutter die Ration. Ein Salzleckstein sollte immer vorhanden sein.

Was Islandpferde alles können

Islandpferde sind wahre Alleskönner, doch am tollsten finden viele den „vierten Gang“, den Tölt! Fast alle Islandpferde können tölten, manche beherrschen sogar noch eine fünfte Gangart, den Rennpass.

Tölten ist toll, aber nicht so einfach zu reiten, wie es aussieht. Der Reiter sitzt erschütterungfrei im Sattel, weil beim Tölten immer mindestens ein Pferdebein den Boden berührt. Deshalb gibt es im Tölt keine Schwebephase, die den Reiter aus dem Sattel wirft. Ein guter Tölter zeichnet sich durch einen sauberen Takt, eine hohe Aufrichtung und Geschmeidigkeit aus, er beherrscht den Tölt in jeder Geschwindigkeit.

Islandpferde sind außerdem für ihre Zuverlässigkeit und ihren Laufwillen bekannt. Im Umgang und in der Haltung anspruchslos, stellen sie sich gerne auf ihren Reiter ein und sind deshalb ebenso gutmütige Kinderpferde wie spritzige Sportpferde.

❄ ❄

Viele Islandpferdereiter starten auf speziellen Islandpferdeturnieren. Töltprüfungen und Mehrgangprüfungen, Passrennen oder Dressurprüfungen – ein gut ausgebildetes Islandpferd ist mehr Alleskönner als Spezialist.
Besonders gerne gehen Islandpferdereiter mit ihren zuverlässigen Ponys auf große Tour. Wanderritte sind so beliebt, weil Islandpferde viel Ausdauer und gute Nerven mitbringen. Eine Überfahrt auf der Fähre? Autoverkehr? Autobahnbrücken? Steilstrecken? Alles kein Problem! Ein besonderes Erlebnis sind solche Wanderritte natürlich auf Island. Hier ist es Tradition, eine ganze Herde Islandpferde frei mitzuführen. Alle paar Stunden wird gerastet, der Reiter sattelt ein neues, ausgeruhtes Pferd und weiter geht's! Vorbei an Geysiren, über Schnee und Lava, über sich der endlose Himmel Islands – so etwas erlebt man nur auf der Insel aus Feuer und Eis!

Nützliche Internetseiten und Zeitschriften

„Das Islandpferd"
www.ipzv.de
www.taktklar.de

Pferdeabenteuer

Gefahr in den Bergen
Als Leonie in einem Wanderzirkus die Haflingerstute Flocke sieht, ist es um sie geschehen: Sie will das halb verhungerte Pferd um jeden Preis retten! Zusammen mit ihrem Großvater schmiedet sie einen Plan …

Hundert Meilen bis zum Ziel
Als die Stute Emila auf das Gestüt Brialka kommt, sind alle von ihr begeistert. Jelena, die Tochter des Stallmeisters, fühlt sofort eine besondere Verbundenheit mit der Stute. Doch bevor sie in die Zucht aufgenommen wird, muss Emila sich in einem schwierigen Rennen beweisen …

Ausgerechnet Island
Anna soll den Sommer auf einem Reiterhof in Island verbringen – dabei würde sie tausendmal lieber zu Hause bei ihrem Pflegepferd Pierot bleiben. Was soll sie mit den isländischen Kinderponys schon anfangen? Doch ihre Eltern lassen sich nicht umstimmen, und für Anna beginnt eine abenteuerliche Reise …

Schneider Buch EGMONT